신의주

백선 백화점

The Hundred Choices Department Store

By Ginger Park

신의주 백선 백화점

진저 박 지음
천미나 옮김

안녕로빈

감사하게도 내가 평생 쓸 수 있는 이야기보다

더 많은 이야기를 전해 주신

나의 아름다운 어머니에게.

가장 어두운 순간에야말로 빛을 보기 위해 집중해야 한다.

-아리스토텔레스

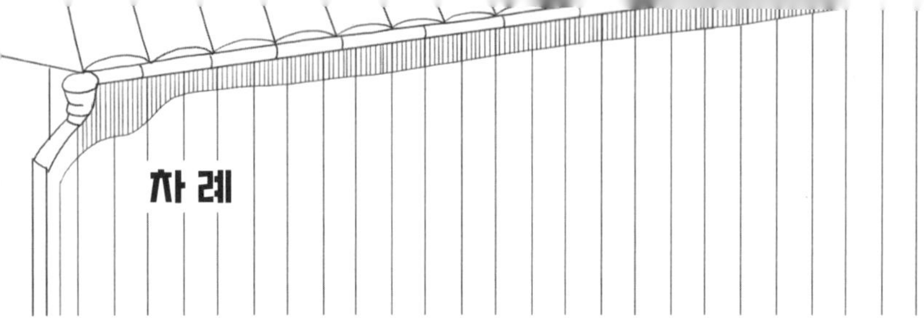

차 례

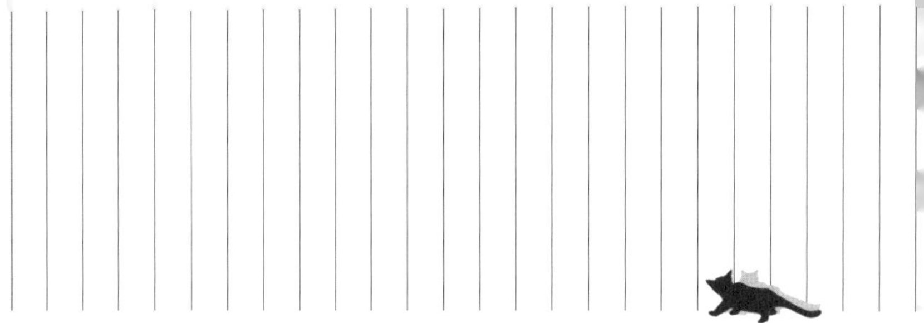

프롤로그

찬 바람과 무릎까지 쌓일 거라는 눈 소식으로 12월이 시작되었다. 침대에 앉아 이 겨울이 내 마지막 겨울이 되려나 생각하며, 거울 속 나를 가만히 들여다본다. 늙은 뼈마디들은 아마도 그럴 것 같다고 말한다. 내게 남은 날을 헤아리기 시작한 지도 벌써 오래다. 어느덧 내 나이 여든아홉이다. 한국 나이로는 아흔(한국은 태어난 날을 한 살로 치고 축하한다). 엄마는 거울 속에서 나를 바라보고 있는 노인을 결코 알아보지 못하리라. 엄마 눈엔 난 영원한 열몇 살의 여자아이이다.

밖으로 나간 제 아들을 부르는 딸의 목소리가 들린다. 방황하는 열아홉 소년이다.

"카슨, 당장 돌아와!"

손주 녀석을 보면 지금도 내 마음을 괴롭히는 앳된 얼

굴의 훈 오빠가 떠오른다. 이란성 쌍둥이 형인 환 오빠의 그늘에 가려 살았던 사람. 하지만 카슨은 세상에서 제 길을 찾을 거라 믿는다. 훈 오빠에게도 기회만 주어졌더라면……. 슬프고도 아름다운 추억을 떠올리며 벽에 걸린 금빛 대나무 액자 속 자수화로 눈길을 돌린다. 수놓은 풍경이 선명한 색으로 생생히 되살아난다. 행복의 상징인 한가위 보름달이 환히 빛나는 밤하늘 아래, 지붕처럼 드리워진 감나무 밑에서 주렁주렁 열린 달콤한 주황빛 감을 따 먹고 있는 사내아이. 심장이 두근거린다. 나의 옛 가족과는 헤어진 지 오래지만, 그 시절의 기억만은 손 대면 닿을 듯 가까이 느껴진다. 바로 어제처럼.

일러두기

1. 인명 및 한국 지명, 외국 인명은 최대한 외래어표기법에 따르는 것을 원칙으로 했습니다.
2. 옮긴이 주는 글줄 하단에 맞추어 표기했습니다.

1

1944년 강제 노역

그렇다, 일본은 나의 조국을
점령했을지는 몰라도
내 마음까지 점령하지는 못했다.

거센 만주 바람이 신의주로 불어오며 12월의 도착을 알렸다. 이미 은반으로 변한 압록강은 빙판 위의 펭귄처럼 모여든 아이들과 원앙새들이 얼음 위를 미끄러져 달리는 겨울 왕국이 되어 있었다.

가정부 아줌마가 온돌방에 불을 지폈다. 온돌은 아궁이에 불을 때면 불기운이 방고래 위에 깐 구들장을 덥혀서 방바닥을 따뜻하게 하고 겨우내 집안을 훈훈하게 해 준다. 나는 학교에 가기 싫어서 불이 활활 타는 아궁이 위쪽 부뚜막에 손을 올리고 앉아 있었다. 어느 누가 나를 탓하랴? 소학교는 더 이상 배움의 장소가 아니었다. 더는 음악이나 종이접기, 자수 놓기 같은 즐거운 활동을 하지 않았다.

사실 전쟁이 터질 당시, 내가 수놓던 한가위 보름달 자수는 완성되려면 한참이나 남아 있었다. 우리가 센세이[1]라 부르는 담임 선생님은 각자 의미 있게 생각하는 내용을 넣어 하이쿠[2]를 지으라고 했었다. 그때 나에겐 한가위와 그날 보름달 아래에서 조상들을 기리는 일보다 더 의미 있는 건 없었다. 다행히 센세이는 내 달의 의미를 전혀 알아차리지 못했다. 만일 알았다면 지시봉을 무기 삼아 나를 흠씬 때렸을 게 분명하다. 일본인의 손아귀에 있는 학교에서 조선인다움을 드러내는 건 금지된 행위이자, 반역이었다. 그러나 훈 오빠가 입버릇처럼 말한 대로 ***나는 조선인이지 일본인이 아니었다.*** 그 반대로 믿게 하려고 센세이가 아무리 나를 세뇌한다 해도 어림없는 일이었다.

우리는 일본어와 일본 역사를 배웠고, 벽을 가득 채울 정도로 커다란 히로히토 일왕의 초상화를 향해 고개를 숙였다. 성과 이름도 일본식으로 고쳐야 했다. 내 이름은 히메코다. 아름다운 진주라는 뜻이 담긴 미옥이라는 이름의

1 우리말로 '선생님'이라는 뜻이다.

2 5·7·5 음절의 17자로 된 일본의 정형시. 계절이나 자연에 대한 묘사가 많다.

소녀에겐 무의미한 꼬리표였다. 엄마는 항상 당부를 잊지 않았다.

"집에서 너는 조선인이자 우리의 예쁜 딸 방미옥이고, 착한 기독교도다. 하지만 집을 나서는 순간, 너는 입술을 깨물고 바깥세상에서 보는 너라는 사람을 받아들여야만 해. 일본의 신도[3]를 숭배하는 히메코."

두 개의 세상. 두 개의 나.

그렇다, 일본은 나의 조국을 점령했을지는 몰라도 내 마음까지 점령하지는 못했다.

일본은 1910년, 한일 합병 조약을 강제로 맺으며, 우리 땅과 우리 민족에 대한 완벽한 장악을 꾀했다. 나는 일제 강점기 이전의 삶을 상상해 보았다. 우리 외할아버지는 이곳 강남산맥 인근에서 가장 부유한 지주였다. 도공과 약초꾼이 대부분이었던 마을 사람들은 추석이면 열을 지어 시골길을 누비며 잡귀를 쫓았고, 옛 사당의 빛나는 등불 아래에서 조상에게 감사 기도를 올렸다. 연주자들이 가야

3 천황을 신성시하는 일본 종교로, 메이지 유신부터 1945년까지의 일본 국교. 본래는 자연과 조상을 숭배하는 토속 신앙.

금을 뜯으면, 그 아름다운 곡조가 시원한 가을 공기를 가르며 울려 퍼졌다.

이젠 평화로운 생활을 마음속에 그리는 것조차 쉽지 않았다. 나의 한가위 보름달은 그리다 만 비단 그림이나 접다 만 종이배 같은 다른 미완성 작품들과 함께 벽장 속에 처박혔다. 나는 전쟁 때문에 해야 하는 강제 노역을 견뎌 낸 기념으로, 언젠가는 하이쿠가 들어간 보름달 자수를 완성해서 내 방에 꼭 걸어 놓고야 말겠다고 다짐했다.

학교에 가면 양말을 꿰매고 군복에 단추를 달았다. 강제 노역이었다. 손톱이 새까매지도록 군화에 윤을 냈다. 강제 노역이었다. 얼음이 녹아 세차게 흘러가는 강물 위로 종이배를 띄워 보내며 놀았을 그 시간에 논에 쪼그리고 앉아 일했다. 강제 노역이었다. 학교에서 배급받은 점심은 깨를 뿌린 주먹밥 하나가 다였다. 집에서는 기도를 올리고 밥을 먹었지만, 센세이가 쟁반에 담긴 주먹밥을 나눠 줄 때는 기도 대신 하루도 빠짐없이 훈시를 들어야 했다.

"아껴 먹어라, 미군 악마들과 맞서 싸우는 우리 전투병들의 몸을 튼튼하게 지켜 주려면 우리 모두의 식량이 필요하다!"

머릿속엔 온통 배가 고프다는 생각밖에 없었다. 내가 이기적이었을까? 아니다. 나는 열세 살 조선인 여자아이였고, 훈 오빠가 나에게 늘 일깨워 주었듯이 그 어떤 일본군 병사도 나를 대신해 싸우고 있지는 않았다. 만약 일본군이 진정으로 싸우고 있다면, 미 B-29 폭격기가 꼬리를 길게 남기며 머리 위를 요란하게 날아가는 동안, 자살 공격도 불사한다는 가미카제 조종사들은 어째서 타고 온 소형 비행기를 덤불 속에 감추고 학교 안에 숨어 있었을까?

훈 오빠가 신이 나서 말했다.

“일본군이 전쟁에서 지고 있으니까 그렇지, 꼬맹아! 진주만을 폭격해 놓고 그 바보들은 미국이 가만히 앉아서 당하고 있을 줄 알았나 봐.”

처음에는 미국이라는 존재가 두렵기만 했다. 미 폭격기가 언제라도 폭탄을 투하해 우리를 지도상에서 싹 지워 버릴 거라는 말을 센세이가 끝없이 주입했던 터라 더더욱 그랬다. B-29기가 머리 위로 날아갈 때면 대피소로 피하라는 공습경보가 울렸다. 그럴 때마다 우리는 엄마 배 속의 태아처럼 몸을 웅크리고 숨기 바빴다. 그러나 폭탄은 한 번도 떨어지지 않았고, 이제 더는 숨지 않았다. 시간이 지나면서 공습경보도, 우르릉 소리와 함께 하얀 흔적을 남기며 하늘을 날아가는 B-29기도 평범한 일상이 되어 갔다.

매일 같이 엄마가 차려 준 아침밥(미역국, 생선전, 달걀찜, 향긋한 나물)과 어두해진 길을 한참 걸어서 귀가할 나를 위해 엄마가 주머니 속에 챙겨 준 레몬 사탕이 아니었더라면 나는 강제 노역을 견뎌 내지 못했을 거다. 하지만 아무리 힘들어도 부모님은 학교에 빠지고 싶다는 내 청을 한 번도 들어주지 않았다. 결석하면 무슨 일이 생길지 부모님이 모를 리가 없었다.

첫째, 의심이 가득한 눈을 하고 집으로 찾아온 센세이가 심문하듯 매섭게 캐물을 게 뻔했다.

"히메코는 오늘 왜 결석을 했습니까? 아픕니까, 죽어갑니까, 그도 아니면 조국에 대한 의무를 피해 숨은 겁니까? 육지와 바다에서 목숨을 걸고 싸우는 우리의 전투병들과 악마 같은 미국으로부터 히메코를 지키려고 공중에서 전투 중인 전사들을 생각하라고 히메코에게 전해 주십시오. 내일은 학교에서 히메코를 보게 되기를 바랍니다."

둘째, 이튿날 학교에 나가면 시무라 교장 선생님은 급우들 앞에서 나를 조롱할 것이다. 센세이는 주먹밥 크기를 반으로 줄여 급우들을 벌주고, 나에겐 증오에 찬 눈초리를 하며 그조차도 주지 않을 것이다. 나 하나로 인해 생긴 적의에 찬 상황에 친구들마저 자기들 울타리에서 나를 추방해 버리고 말 것이다.

맙소사! 내가 마주해야 할 그 끔찍한 일을 피할 길은 어디에도 없었다.

엄마가 학교에 가는 나를 큰 소리로 배웅했다.

"학교 잘 다녀오너라, 미옥아!"

내가 이미 매서운 찬 바람과 싸우며 집을 나선 뒤였다.

밝은 얼굴로 나를 배웅하는 엄마를 보면 우울한 마음마저 들었다. 무의미하고도 고된 하루가 기다리고 있는 걸 모르지 않을 텐데. 때때로 엄마가 친자식보다 고아들을 더 사랑하는 게 아닐까 하는 의심도 들었다. 내가 상한 주먹밥을 먹고 집까지 오는 내내 토하고 괴로워할 때 엄마는 어디에 있었지? 그 아이들 곁에 있었다. 내가 더러운 바늘에 찔리고 또 찔려 손가락이 붓고 곪아 아파할 때 엄마는 어디에 있었지? 그 아이들 곁에 있었다. 내가 이기적인 걸까. 가끔은 나도 나를 사랑하고 위로해 줄 엄마가 필요했다. 그러나 엄마의 마음은 부모 없는 아이들 몫인 것 같았다.

훈 오빠가 내게 말했다.

"어머니도 가여운 분이야. 잊지 마, 꼬맹아. 네가 세상에 나오기 전에 아이를 셋이나 하늘나라로 보내셨어. 당신 자식은 살려 낼 수 없었지만, 지금까지 다른 많은 아이들을 살리신 분이잖아."

엄마가 아이 둘을 사산했고 백일해로 두 살배기 딸마저 잃은 이야기를 나 역시 들은 적 있었다. 하지만 죽은 아기들 이야기를 엄마가 한 적은 한 번도 없었다. 늘 입맛이 없다 하고 매일 같이 편두통을 앓는 이유가 먼저 떠나보낸 아이들 때문은 아닌가, 나는 종종 생각했다.

이치반 소학교까지는 복잡한 도로를 따라 난 빙판길을 5킬로미터 남짓 걸어야 하는 거리였다. 봄날에는 수월하게 한 시간 반 정도를 걸으면 그만이었다. 그러나 겨울이 오면 동이 트기도 전에 집을 나서 어둠 속을 종종거리며 추위에 떨어야 했다. 겉옷을 세 겹이나 껴입고 털목도리 두 개로 얼굴을 꽁꽁 싸매도 차디찬 영하의 날씨에 온몸이 고드름처럼 얼어붙기 일쑤였다. 동네 친구들이나 학교 친구들과 함께 걸어 다녔지만 머리 위로 별이 총총했고, 상점가는 아직 문을 열기도 전이라서 학교 가는 길은 길고도 고요하기만 했다.

그래도 하굣길은 즐거웠다. 소학교에서의 지겨운 시간을 또 하루 지워 낸 데다가 내가 좋아하는 가게들이 문을 열었기 때문이었다. 임씨 아저씨의 떡집에서는 세상에서 가장 달콤한 팥앙금이 들어간 찹쌀떡과 돼지고기를 넣은 찐빵을 매일 아침 신선한 재료로 만들어 냈다. 바로 옆에는 우동집이 있었다. 조선인들이 자주 찾는 곳이고 훈 오빠와 내가 일주일에 한 번, 매주 수요일 여섯 시 정각에 만나는 식당이기도 했다. 우리는 이곳에서 따끈하고 향긋한 육수 속을 헤엄치는, 갓 끓여 낸 길고 쫄깃한 우동을 먹으며 인생과 꿈에 대해 신나게 이야기를 나누었다. 감칠맛 나는 파와 양념에 재운 소고기 고명을 산더미처럼 올려놓은 더없이 완벽한 한 끼였다. 우리 둘은 별이 내다보이는 자리에서 식사를 하며 비밀 이야기를 나누곤 했다.

언젠가 훈 오빠가 다짐하듯 말했다.

"미옥아, 난 나중에 김경하고 혼인할 거야."

김경은 환 오빠와 사귀다 헤어진 여자들 중 한 명으로, 환 오빠가 고등학생 때 사귀었던 조선인 여학생이었다. 동경 출신의 미인인 유미 미츠와의 등장으로 오빠에게 실

연당하긴 했지만, 그전까지만 해도 환 오빠가 세상을 약속했던 사랑스러운 아가씨다.

내가 따졌다.

“오빠는 경 언니를 알지도 못하잖아. 게다가 신의주의 하고많은 조선인 아가씨 중에서 왜 하필 형하고 사귀었던 여자와 혼인하겠다는 건데?”

“그 애는 나 고등학교 때부터 알던 여자야. 밝고 아름답고…….”

나는 말을 잘랐다.

“그리고 환 오빠를 사랑했지.”

훈 오빠가 피식 웃었다.

“알았다, 알았어. 연애 박사 꼬마 아가씨. 우리 꼬맹이는 나중에 누구와 혼인하시려나?”

“음……, 혼인까지는 모르겠지만 난 교회에서 만난 진수가 좋아.”

“진수?”

훈 오빠가 턱을 문지르며 생각에 잠기는가 싶[illegible] 장난스러운 웃음을 지으며 내게 물었다.

“아하, 뺨이 불그스름한 빼빼 마른 성가[illegible]애?”

내가 고개를 끄덕였다.

"맞아, 그 아이. 목소리가 참 고와."

"그 애송이하고 사귀기엔 네 키가 너무 큰 거 아니야?

"오빠는 평생 알지도 못할 여자를 공상이나 하면서!"

우동집 옆으로는 상점가의 중심인 백선 백화점이 있었다. 밤에는 백화점의 네온사인이 시가지를 환히 밝혔다. 반들반들한 원목이 깔린 화려한 매장들은 눈 하나 깜짝 안 하고 100엔을 펑펑 써 버리는 부유한 일본인 남녀 고객들의 취향을 충족시키기에 모자람이 없었다. 유리로 만든 진열장 안에는 사파이어와 에메랄드, 루비, 다이아몬드 같은 일곱 색깔 무지갯빛으로 반짝이는 값비싼 보석들과 화려한 장식품이 있었고, 18캐럿 손목시계가 줄줄이 진열되어 있었다. 또 일본 동경부터 불란서 파리에 이르기까지 각국에서 수입한 향수들의 고급스러운 진한 향으로 가득했다. 백선 백화점에서는 때와 장소에 따라 골라 입을 수 있는 각종 정장을 갖춰 놓았고, 가죽 구두와 부츠, 캐시미어 스웨[illegible] 겨울용 내복, 양모 양말, 모자와 목도리를 판매했다.

백선 백화점의 주인은 우리 부모님과 환 오빠였지만, 다이 다[illegible]가는 사람도 소액의 지분을 가지고 있었다. 다이는 환 오빠가 일본 대학 시절에 만난 일본인이다. 두 사람은 따끈한 사케를 끝없이 홀짝이며 그들이 세계를 여행하며 보았던 부에 대한 동경과 열망을 토로하곤 했다. 백선 백화점은 그런 두 사람이 국제적인 투자를 받기 위해 함께 계획한 하나의 디딤돌이었다. 총시배인은 훈 오빠가 맡았다. 훈 오빠에게 백선 백화점은 매일 아침 잠에서 깨어나 새로운 하루를 시작할 이유이고 삶 자체였다.

환 오빠의 친구라고는 하지만 내가 직접 다이를 본 건 손가락을 꼽을 정도였다. 우리 집으로 찾아오는 일이 거의 없는 수수께끼 같은 인물이었다. 그럼에도 매우 인상적인, 기억에 남는 사람이었다. 성공한 사업가다운 분위기로 이목을 끄는 데다, 풍채가 좋아서 실제 키인 167센티미터보다 더 커 보였다. 최고급 비단으로 재단한 맞춤 양복을 차려입고, 환 오빠가 선망하는 미국 미남 배우처럼 올백 머리를 하고 다녔다. 그는 황제라도 되는 양 백화점 안을 활보하며 직원들이 코가 땅에 닿도록 절하는 걸 거만한 눈으로 깔아보았고, 훈 오빠에게는 이런저런 잔소리를 해 댔다.

"쇼윈도에 상품을 진열해 놓은 꼴이 흉하다! 한 톨의 먼지도 없이 청소해라! 늙은 여자가 왜 화장품 매장에 있나? 저런 노인네는 신발 파는 매장으로나 보내라!"

다이의 이름만 나오면 훈 오빠는 눈이 툭 불거지며 해사한 얼굴이 분노로 벌겋게 달아올랐다. 언젠가 훈 오빠가 몹시 성을 내며 이렇게 내뱉었다.

"하는 일이라곤 직원들을 모욕하고 나한테 월별 총매출액이나 추궁하는 게 전부야! 금전 등록기에서 현금 가져가는 거 봤지? 그자는 조선인 직원들이 힘들게 일한 걸 갈취하는 돈벌레라고! 일본인인 거 말고는 내세울 게 아무것도 없는 놈이야! 아무것도 없는 놈!"

다이와 동업을 하면서부터 환 오빠와 훈 오빠는 사이가 틀어졌다. 사실, 두 사람은 친형제이자 이란성 쌍둥이로 둘 다 미남이었지만, 말하지 않으면 아무도 모를 정도로 서로 딴판이었다. 게다가 둘은 생각도 완전히 달랐다. 환 오빠는 세련된 신문물과 세속적인 부를 즐기는 사람이지만, 훈 오빠는 일본에 나라를 빼앗긴 현실에 분개하는 애국자였다. 훈 오빠는 세계 여행이나 이른바 더러운 일본놈과의 사업에는 관심이 없었다. 그러나 백화점을 유지하기 위해서는 적게라도 일본인에게 지분을 줄 수밖에 없다고, 아빠가 내게 설명해 주었다.

"일본인과 사업을 해야 간섭하기 좋아하는 일본 관리들이 우리 백화점을 마음대로 못 해. 그래야 문을 닫으라고 안 할 테고 이익을 갈취해 갈 가능성이 적다."

사실, 부모님은 다이를 깎아내리는 말은 한 번도 한 적이 없었다. 하지만 말하지 않아도 이 불손한 일본인을 향한 무언의 분노를 나는 느낄 수 있었다.

훈 오빠는 백선 백화점의 지배인이자 판매할 물품을 사들이는 유일한 사람으로서 자기 일에 자부심이 컸다. 신의주를 벗어나는 걸 좋아하지 않았지만, 일본인 고객들의 구미를 돋우어 줄 최신 유행의 의상과 장신구를 찾아 홍콩에서 싱가포르에 이르는 아시아는 물론이고, 멀리 구라파까지도 출장을 다녀와야만 했다. 외국에서 돌아오면 자신이 찾아낸 신상품들을 고객들에게 자랑스럽게 소개했다. 우아한 비취 팔찌, 비단 복주머니, 모조 진주가 달린 캐시미어 스웨터, 모직 외투, 국제적인 감각이 돋보이는 양복. 그러면서도 어디를 갔고 누구를 만났는지처럼 출장과 관련된 이야기를 화제에 올리는 일은 한 번도 없었다.

두 명의 오빠. 두 개의 세상.

2

염색 공장

하늘을 올려다보며
마음속으로 일본인들에게
저주를 퍼부었다.

히로히토 일왕과 일본 제국에 대한 경례를 마치고, 수업을 시작하기 전에 센세이가 새로운 발표를 했다. 그 말을 들은 급우들의 입에선 일제히 헉 소리가 튀어나왔다.

"앞으로 2주 동안 너희는 염색 공장에 배정된다. 지금은 우리 대일본제국의 영예로운 전사들이 입을 군복이 부족하고, 그것을 만들 노동자 또한 부족하기 때문이다."

염색 공장이라니! 마을 반대편에 있는 낮은 회색 건물에는 한 번도 들어가 본 적이 없었다. 하지만 공장에서 뿜어내는 연기가 하늘을 시커멓게 뒤덮는 광경은 여러 차례 보았고, 팔팔 끓는 염료 통에 빠졌다는 조선인 노동자들의 비참한 운명에 대한 온갖 소문도 들어 알고 있었다. 혹여 센세이한테 우리를 염려하는 마음이 눈곱만큼이라도 있었다면, 강철 같은 표정 뒤로 감쪽같이 숨긴 셈이었다. 일본제국을 향한 센세이의 무한한 충성심이란 그만큼 지독히도 무서웠다.

훈 오빠는 염색 공장을 '지옥의 방'이라고 불렀다. 조선인들의 죽음에 대한 소문이 진짜라고 확신했기 때문이다. 당장이라도 불똥이 튈 듯한 눈으로 오빠는 이렇게 말했다.

"지금 모든 일본군의 군복은 조선인의 피로 물들인 거야. 조선인의 뼈와 살은 말할 것도 없고!"

환 오빠가 그런 쌍둥이 동생을 향해 코웃음을 치고는 나에게 말했다.

"미옥아, 훈이 얘기는 듣지도 마. 태어날 때부터 적개심이 강한 녀석이니까. 내 말 잘 들어. 분노는 까마귀처럼 네 마음을 갉아먹을 뿐이야."

그렇다. 훈 오빠는 탁월한 이야기꾼이었지만, 나는 오빠의 말들에 완전하게 찬성하지는 않았다. 두 오빠 중 누구에게도 찬성도 반대도 하지 않았다. 스물다섯 살의 둘은 자기 생각을 꺾지 않는 황소고집에다가 세상을 보는 눈이 완전히 달랐다. 환 오빠는 일본인들의 존경과 여자들의 인기를 한 몸에 받는 사람이었지만, 훈 오빠는 혼자인 걸 즐기는 사람이었다.

훈 오빠는 입버릇처럼 나에게 말했다. 일본인들이 낮잡아 볼지 몰라도, 자신은 키가 185센티미터라 길에서 만나는 어떤 일본인보다 큰 건 물론이거니와 쌍둥이 형보다도 2센티미터가 더 크다고 말이다. 환 오빠가 누구나 선망하는 일본의 명문대에서 학위를 받는 동안, 훈 오빠는 고등학교조차 간신히 마쳤다.

언젠가 우연히 아빠가 하는 말을 들었다.

"환이는 유식하고 미래를 꿈꿀 수 있는 아이야. 훈이는 영리하지만 길을 잃은 채 방황하고 있어."

훈 오빠는 일본인들에 대해서만이 아니라 자기 학력에 대해서도 능청스럽게 이야기를 과장하곤 했다. 한번은 뜨거운 김이 폴폴 나는 우동을 먹으며 훈 오빠에게 물은 적이 있었다.

"오빠, 오빠는 왜 항상 손님들한테 오빠가 대학교를 졸업했고 상도 많이 탔다고 거짓말을 해?"

오빠가 목소리를 낮추며 답했다.

"쉿, 꼬맹아. 그건 비밀이야. 일본 손님들이 나를 존중

하며 예의를 갖추는 건 내가 가진 것 있고 학벌 좋은 조선인으로 보이기 때문이라는 걸 너도 알아야 해. 만약 그들이 진실을 알게 된다면, 나에게 침을 뱉고 나환자[4]나 더 심하게는 조선인 무지렁이 취급을 할 테니까."

존중, 예의. 힘.

거짓말로 만든 장막.

나는 국물을 휘저었다. 우동 가락이 젓가락에 휘감기면서 김이 안개처럼 내 얼굴로 피어올랐다.

시내를 통과해 3킬로미터가 넘는 길을 걸어서 우리는 염색 공장에 다다랐다. 가까이에서 보니 공장은 생각했던 것보다 훨씬 더 음침했다. 온몸이 아프고 지친 데다 배가 고파서 벌써 엄마가 차려 주는 맛있는 아침밥 생각이 간절했다. 찜통에서 막 꺼내 잘게 썬 파와 고춧가루를 뿌린, 언제 먹어도 따끈따끈한 엄마표 달걀찜 맛이 입안에 감도는 것만 같았다. 그런데 악취가 진동하는 공장 안으로 들어가, 쇠로 만든 커다란 염료 통 앞에 웅크리고 있는 유령 같

---

4 피부나 신경계를 손상시키는 나균에 감염된 '한센인'을 과거에 칭하던 말.

은 아이들을 마주한 순간 고통도 허기도 사그라들었다. 아이들은 그 작은 몸뚱이를 위아래로 움직이며 남색 염료 속에 무거운 천을 담갔다가 빼기를 반복했다. 그 뒤로도 오랜 세월 꿈속까지 찾아와 나를 괴롭혔던, 너무도 비현실적인 광경이었다. 만약 훈 오빠 말이 사실이라면 일본군의 군복을 물들인 건 조선인 아이들의 피였다. 공장 안에 일하는 어른이라곤 단 한 명도 보이지 않았다.

이씨라는 젊은 감독관이 마스크와 고무장갑을 나눠준 뒤 우리를 각각 염료 통 앞으로 배치했다. 이씨는 반듯한 돌을 깎아 놓은 듯한 오만한 얼굴의 조선인이었다. 그렇다, 조각 같은 차고 무정한 얼굴. 훈 오빠는 전부터 그런 사람을 조심해야 한다고 일러 주었다.

"일본 놈들보다 더 나쁜 자들이야 악마에게 영혼을 팔아넘긴 배신자들!"

뻔뻔한 이씨에게 안성맞춤인 표현이었다. 이씨는 하루 세 끼를 꼬박꼬박 챙겨 먹었을 터이지만, 이씨의 감독을 받는 공장 아이들은 배를 곯은 채, 동틀 녘부터 해 질 녘까지 염료 통 앞에서 고된 노동에 시달려야 했다. 나와 급우들은 작업에만 집중할 수 있도록 서로 떨어진 자리에 배치되었다. 이씨가 낮고 위협적인 어조로 말했다.

"대화는 허용하지 않는다."

이씨는 마치 죽음의 추 같은 지휘봉을 흔들면서 감시의 눈초리를 늦추지 않고 공장 안을 오갔다. 말하는 사람도 눈을 맞추는 사람도 없었다. 온몸으로 공포감이 전해왔다. 이 작은 아이들이 누더기 옷 밑으로 시퍼런 멍을 숨기고 있다고 해도 전혀 놀랍지 않을 것이다.

내 옆의 염료 통을 맡은 사내아이는 창백한 얼굴에 몸집이 작고 양팔은 퍼렇게 물들어 있었다. 많아야 열두 살 정도로밖에 보이지 않았지만, 수척한 얼굴이 그간의 고생을 고스란히 말해 주고 있었다. 한동안 우리는 침묵 속에서 염료 통 속에 천을 담갔다가 머리 위쪽에 걸린 줄에 걸어 말리며 묵묵히 일했다. 얼마 지나지 않아 내 팔에도 파란 물이 들었다. 춥고도 외로웠고, 염료에서 풍기는 비린내에 속이 메스꺼웠다.

점심을 먹으러 갔는지 낮잠을 자러 갔는지는 몰라도 마침내 이씨가 사무실 문 뒤로 사라졌다. 감시자가 없다는 걸 확인하고 나서, 나는 내 옆의 남자애에게로 몸을 돌리고 조그맣게 "안녕." 하고 인사를 건넸다. 하지만 요란하게 철커덕거리는 기계 소리에 막혀 남자애는 내 말을 듣지 못했다. 그래서 이번엔 그 애 어깨를 톡톡 치며 "안녕." 하고 다시 말을 붙였다.

남자애는 다정하고 슬픈 눈으로 나를 올려다보았지만 이내 아무런 대꾸 없이 몸을 돌렸다. 나를 전혀 궁금해하지 않았다. 이씨의 분노를 여러 번 겪은 탓이 분명했다. 그렇지만 난 그날 친구를 만들기로 결심했다. 말동무조차 없으면 도무지 공장 일을 견뎌 낼 자신이 없었다. 내가 레몬 사탕 하나를 건네자, 아이의 눈이 밝아졌다.

내가 조그맣게 말했다.

"나는 미옥이야."

아이가 내 손바닥에서 사탕을 낚아채더니 왕관에 박힌 반짝이는 보석이라도 되는 양 넋이 나가 바라보았다. 그러다 사탕을 입속에 넣고는 눈을 감았다. 완전한 행복감에 빠진 듯 사탕을 쪽쪽 빨아 먹으며 새콤달콤한 맛을 음미했다. 설령 이씨가 지휘봉을 흔들며 다시 공장으로 돌아왔다 해도 알아채지 못할 것 같았다.

사탕을 다 먹고 난 아이가 눈을 뜨고 말했다.

"송호."

"송호. 좋은 이름이다."

아무 대꾸가 없길래 내가 다시 물었다.

"송호야, 너는 어느 학교 다녀?"

송호는 한 번도 이런 질문을 받아 본 적 없는 아이처럼 눈을 가늘게 뜨고는 나를 힐금거렸다.

"여긴 학교 없어."

학교에 다니지 않는다는 소리인가? 나는 캐묻지 않았다. 대신 이렇게 물었다.

"너 몇 살이야?"

"열다섯 살."

열다섯 살? 말도 안 돼, 열두 살이 넘었을 리가 없다! 이 작은 남자애가 어떻게 나보다 나이가 더 많을 수 있지? 문득 엄마가 돌보는 아이들이 떠올랐다. 하나같이 작고 시무룩하고 조용한 아이들. 지난해 여름, 그 아이들 중 한 여자애가 우리 집에 왔었다. 아홉 살쯤 됐겠거니 짐작했다. 어떤 사연인지는 몰라도 송호처럼 말수가 적었는데, 나를 보고는 마치 늘 꿈꾸어 왔던 언니가 생기기라도 한 것처럼 곁에 찰싹 달라붙어 떨어지지 않았다. 같이 마당으로 놀러 나갔을 때 그 애는 엄마의 예쁜 꽃밭에 마음을 홀딱 빼앗겼다. 나는 분홍색 백합 한 송이를 꺾어 그 애의 머리에 꽂아 주었다. 생긋 웃음 짓던 얼굴과 꿈을 잃은 눈동자에서 나는 아홉 살을 훌쩍 넘긴 여자아이의 모습을 볼 수 있었다. 나중에야 그 작은 애가 나와 동갑이라는 걸 알았다.

송호를 가만히 바라보고 있는 지금, 유령처럼 공허한 얼굴에서 그가 보낸 십오 년의 시간이 오롯이 느껴졌다.

내가 다시 물었다.

"어디 살아?"

송호가 창피한 듯 시선을 바닥으로 떨구고 답했다.

"여기."

"여기 이 공장에 산다고?"

"응."

나는 주위를 둘러보았다.

"공장 어디?"

"건물 맞은편 기숙사."

"너희 엄마하고 아빠는 어디 계시고?"

순간 송호가 얼굴을 찡그렸다. 가슴이 아렸다. 엄마가 돌보는 아이들이 교회의 명절 아침 식사에 초대받아 왔을 때도 그리움에 젖은 얼굴들에서 그런 표정을 여러 번 보았다. 그 아이들은 다른 사람들과 어울리지 못하고 항상 자기들끼리 한 상에 모여 앉아 아무 말 없이 차려 놓은 음식을 허겁지겁 먹어 치웠다. 송호도 고아가 분명했다. 송호는 자기 부모님 이야기를 하고 싶어 하지 않았다. 쓸데없이 꼬치꼬치 물었나 싶어 미안해졌다.

내 어리석은 질문에 대답하는 대신 송호가 말했다.

"사탕 하나만 더 주면 안 돼?"

나는 빙그레 웃으며 주머니를 탈탈 털어 남은 레몬 사탕을 몽땅 송호의 손에 올려 주었다.

여덟 시간을 일하고 공장을 벗어난 나는 송호를 생각하며 8킬로미터 떨어진 집을 향해 걸었다. 레몬 사탕을 좋아하는 열다섯 살 소년이 자꾸 생각났다. 송호는 왜 공장에서 살지? 부모님은 어디 계실까? 그 애는 앞으로 어떻게 될까? 그러나 이 중엔 답 없는 질문이 많으리라는 것을 나는 잘 알고 있었다.

집까지 반쯤 걸었을 무렵, 머릿속을 맴돌던 생각은 송호에서 지친 내 몸으로 바뀌어 있었다. 나는 하늘을 올려다보며 마음속으로 일본인들에게 저주를 퍼부었다. 발에는 물집이 잡혔고 팔은 퍼렇게 물이 들었으며, 허리는 끊어질 듯 아팠다. 또 이씨에게도 욕을 퍼부었다. 이씨는 같은 민족을 배반한 배신자였다. 아빠는 늘 나를 아빠의 작은 천사라고 불렀지만, 더는 내가 천사처럼 느껴지지 않았다. 내 머릿속은 온통 증오로 가득했다. 센세이, 학교 그리고 이 세상에 살고 있는 모든 일본인에 대한 증오. 비겁한 이씨와 동족을 배반한 모든 조선인을 향한 증오. 그때 내 마음속엔 온통 송호와 염색 공장 아이들뿐이었다. 배가 고파 속이 쓰렸고, 마음이 아파 속이 울렁거렸다. 나는 송호에게 내 레몬 사탕을 다 내주었고 주먹밥까지 주고 왔다. 지옥의 방에 살며 새벽부터 땅거미가 질 때까지 일만 하다가 주린 배를 안고 잠이 들 가엾은 송호를 위해 내가 해 줄 수 있는 일은 고작 그것뿐이었다.

조금만 더 걸어가면 우동집에서 배부르게 먹을 수 있다는 사실을 잘 알고 있는 나는 죄책감에 짓눌린 채 무거운 걸음을 옮겼다.

우동집에서 흘러나온 불빛이 꿈결처럼 빛나며 어서 오라 손짓했다. 춥고 지쳐 온몸이 무감각할 지경이었지만, 별이 비추는 거리가 내다보이는 창가 자리에서 나를 기다리는 훈 오빠를 발견한 순간, 너무 반갑고 마음이 놓여서 저절로 깊은숨이 내쉬어졌다. 훈 오빠는 다리를 꼬고 앉아 인삼차를 홀짝이며, 우아한 손가락으로 탁자를 두드리고 있었다. 음악에 타고난 재능이 있는 훈 오빠는 피아노 교사가 엉터리라면서 독학으로 피아노를 익혔다. 훈 오빠는 한 번 연습한 곡은 다 외웠고, 연주는 넋을 놓고 듣게 될 정도로 빼어났다. 그에 비하면 내가 켜는 바이올린 소리는 곡을 만들어 내기 위해 억지로 이어 붙이는 부자연스러운 음들에 불과했다. 훈 오빠는 아름다운 선율의 '아리랑'처럼 마음에 호소하는 우리나라 민요를 좋아했다. 아리랑은 북쪽 산길을 걸어 떠나가는 한 남자를 향한 절절한 사랑 노래다. 자신이 원한다면 청중의 마음을 사로잡을 만한 실력이었음에도 오빠는 다른 누구 아닌, 자신만을 위해 연주했다. 따라서 모차르트와 차이콥스키를 연주하여 친구들과 가족의 찬사를 받은 주인공은 언제나 환 오빠였다.

꽁꽁 언 저릿한 몸으로 추운 밤길을 터벅터벅 걸어온 걸 생각하니, 오늘따라 '아리랑'이 나에게도 특별하게 다가왔다.

나를 본 훈 오빠가 안도하며 외쳤다.

“아, 꼬맹아, 왔구나! 왜 이렇게 늦었어? 오늘이 수요일인 걸 네가 잊은 줄 알았어!”

너무 기진맥진한 나머지 곧장 집으로 가고 싶었다. 장작불이 활활 타오르는 난로 옆에 앉아 따뜻한 차 한 잔을 마시고 싶었다. 그러는 사이 아줌마가 내 언 발을 담글 뜨끈한 소금물을 양동이 가득 준비할 것이다. 하지만 아무리 마음이 그렇다 해도 내가 제일 좋아하는 오빠와의 일주일에 한 번뿐인 둘만의 시간을 포기할 수는 없는 일이었다. 절대로.

나는 눈물을 삼키며 오빠 옆 방석에 털썩 주저앉았다.

“늦어서 미안해, 오빠. 센세이 때문이야.”

오빠의 얼굴이 어두워졌다. 오빠가 걱정스러운 얼굴로 다가와 앉으며 물었다.

“미옥아, 무슨 일이 있었던 거야?”

내가 울분을 참지 못하고 외쳤다.

“무슨 일이 있었는지 말해 줄게! 나 하루 종일 염색 공장에서 일했어! 온종일 염료 통 앞에서 일했다고. 그 바람에 평소보다 6킬로나 더 걸어야 했어. 계산해 봐. 오늘 내가 총 16킬로를 걸은 거야. 발이 퉁퉁 부르텄어. 오빠, 그 공장에서 일하는 사람은 전부 애들이야. 그것도 부모 없는 어린애들만."

"그 망할 놈들이!"

훈 오빠가 화를 내며 내지른 소리에 호기심 어린 얼굴들이 우리에게로 향했다.

내가 외투와 장갑을 벗으며 말했다.

"내 팔 좀 봐. 이렇게 파래졌어. 염색 물이 평생 안 빠질는지도 모른다고!"

"미옥아, 네가 그 빌어먹을 학교에 다시 갈 일은 절대 없을 거야. 내 손으로 너희 센세이 목을 졸라 버리는 한이 있어도!"

훈 오빠가 어금니를 악물고 말했다.

오빠가 나를 악랄한 센세이로부터 지켜 줄 거라고 진심으로 믿고 싶었다. 하지만 제아무리 스스로 혁명가이길 택했어도 지금 조선인은 일본인 앞에선 힘을 쓸 수 없었다. 반골 기질을 타고난 훈 오빠는 호되게 당할 줄 알면서도, 자기 학교 센세이에게 침을 뱉은 일이 있었다. 매질을 당해서 등이 벌겋게 부풀어 오르는데도 오빠는 센세이를 비웃으며 고통을 참았다. 흉터가 남았지만, 오히려 무공 훈장처럼 자랑스럽게 여겼다. 그렇지만 아무리 훈 오빠 같은 사람들이 군대를 이룬다 해도 못 할 게 없는 무소불능의 일본인들과는 상대가 되지 않았다. 심지어 미국인들도 일본인에게는 적수가 되지 못할 거라고 나는 확신했다. 일본이 세계를 점령하는 것은 시간문제일 뿐이니까.

내일이든 그다음 날이든 염색 공장에 가는 것을 피할 방도는 없었다. 다시 그 어둡고 음침한 곳으로 가야 한다니! 생각만으로도 나는 한겨울의 꽃처럼 힘없이 시드는 것만 같았다.

훈 오빠가 말했다.

"내일은 잊어, 꼬맹아. 지금은 밥이나 맛있게 먹자."

뜨끈한 우동이 우리 앞에 놓였고, 나는 오빠의 조언대로 입맛을 다시며 내 몫의 우동을 달게 먹어 치웠다.

저녁을 먹고 나서는 계피 향 가득한 수정과를 입가심으로 홀짝홀짝 마셨다. 몸이 조금씩 회복되면서 낮에 겪었던 고통스러운 일들이 점차 희미해졌고, 차츰 기운이 돌아왔다. 기분 좋게 배가 불렀고 내 곁엔 훈 오빠가 있었다. 누군들 행복하지 않을까? 그런데 난 아직 집으로 갈 마음이 생기질 않았다. 보나 마나 엄마는 곧장 자라고 할 거다. 눕자마자 곯아떨어져서 꿈도 없는 밤을 보내고 눈을 뜨면 또다시 염색 공장의 끔찍한 하루가 기다리고 있을 것이다. 싫다. 난 눈으로 구경만 하더라도 백선 백화점으로 가고 싶었다. 오빠에게 간절히 청했다.

"오빠, 제발, 백화점에 가자."

오빠는 잠시 고민하다가 얼굴에 장난꾸러기 같은 웃음을 띠고 말했다.

"너도 알지? 불 보듯 뻔해. 늦게까지 널 데리고 다닌 걸 엄마가 알면 난 몽둥이로 두들겨 맞을 거야."

"오빠."

내가 우는 소리로 졸라 댔다.

"아, 꼬맹이 네 말은 거절을 못 하겠다니까."

처마 끝에 매달린 고드름이 어둠 속에서 빛을 발하며 그렇지 않아도 멋진 백선 백화점을 더욱 환상적으로 만들어 주었다. 특유의 까르륵거리는 웃음소리를 내며 일본인 아가씨들이 백화점 문을 활짝 열더니 안으로 들어섰다. 백화점 안은 지금이 전쟁 중이라고는 누구도 생각지 못할 화려한 광경이었다. 양복을 맞추러 온 신사들은 재단사에게 몸을 맡기고 치수를 재고 있었고, 화려한 옷으로 차려입은 여자들은 보석 매장과 화장품 매장 앞에 모여 있었다. 가게 안으로 들어가자마자, 훈 오빠는 곧바로 백화점이라는 무대에 올라 고객들의 비위를 맞추기 시작했다. 순간 환 오빠가 겹쳐 보였다. 차이점이라면 훈 오빠는 상을 줘도 아깝지 않을 수준의 연기를 한다는 사실이었다.

훈 오빠가 막힘없이 말했다.

"매우 아름다우십니다, 아키모토 부인. 에메랄드가 부인의 사랑스러운 눈을 더욱 돋보이게 만들어 주는군요."

그렇지만 내 눈엔 오빠의 속마음이 훤히 읽혔다.

'아키모토 부인, 백화점 처마에 매달린 칼날 같은 고드름으로 일본인인 당신의 쪼글쪼글한 눈을 찌르는 것보다 내게 더 큰 즐거움을 주는 건 없을 겁니다!'

부모님이 늦은 시간까지 돌아오지 않는 나를 걱정하며 마루를 서성이고 있으리라는 걸 알면서도 오늘 밤만큼은 모른 체하고 싶었다. 나는 끔찍했던 하루를 지우려고 진주와 빨간 가죽 장갑, 황옥 목걸이와 금 머리핀 같은 사치품들을 구경하고 또 구경했다. 엄마는 외할아버지한테 물려

받은 많은 재물도, 백선 백화점의 소유권 대부분도 멀리하며 살았다. 엄마는 교회 목사인 아빠 옆을 지키는, 하나님을 경외하는 여인이었다. 조선인들이 서양식 머리와 복장에 적응해 가는 와중에도 엄마는 쪽머리를 틀어 올리고 한복만을 고집했다. 지금 내 눈앞에서 눈부신 광채를 뿜어내는 비단 복주머니 같은 물건들에도 엄마의 눈빛은 흔들리는 법이 없었다. 엄마는 오로지 한결같은 마음으로 방황하는 훈 오빠의 마음을 올바른 삶으로 이끌고자 노력했다.

나는 분홍색 비단 복주머니 하나를 집어 들고 감청색으로 수놓은 '복(福)' 글자를 어루만졌다. 행복을 상징하는 한자이다.

훈 오빠가 어깨 너머로 그런 나를 보고 말했다.

"비단 주머니 아름답지?"

내가 꿈꾸듯 말했다.

"응."

"하나 가질래, 꼬마 아가씨?"

나는 기뻐서 외쳤다.

"좋아!"

3

산골 집

소학교여, 안녕!

지긋지긋한 센세이여, 안녕!

염색 공장이여, 안녕!

훈 오빠가 우리 센세이를 가만두지 않겠다고 했지만, 아빠의 분노에 비할 바는 아니었다. 격노한 아빠는 일본의 강제 노역에 동원된 조선인 학생이 염원하는 궁극의 바람을 이루어 줄 빈틈없는 계획을 실행에 옮겼다. 결석이었다.

그것도 영원히!

내가 물집투성이에 피범벅이 된 발과 퍼렇게 물든 팔로 훈 오빠의 등에 업혀 집으로 들어서자, 아빠는 주먹으로 벽을 내리치며 "그만하면 됐다!" 하고 고함을 쳤다.

하나님의 종으로서 아빠는 웬만해선 목소리를 높이는 일이 없는 사람이었다. 감정을 폭발하는 일 역시 극히 드물었다. 사실 아빠는 5개 국어에 능했고, 젊은 시절 세계 곳

곳을 다니며 크고 분명한 힘 있는 설교로 하나님의 말씀을 전했다. 그러면서도 아빠는 결코 어떤 이들을 저주하거나 나쁘게 말하지 않았다. 일본인을 대할 때도 마찬가지였다. 아빠는 지역 경찰에 협조하는 것만이 계속 교회 문을 열 수 있는 유일한 길임을 잘 알고 있었다. 경찰이 헌금을 훔쳐서 굶주리고 병들고 죽어 가는 이들에게 필요한 돈을 축냈을 때조차도 아빠는 침착함을 잃지 않았다. 단 한 차례, 아빠의 분노를 직접 목격한 일이 있었다. 어느 날 밤이었다. 환 오빠와 훈 오빠가 술을 마시고 감정이 격해져서 다투기 시작했다. 다이 다카기 때문이었다. 둘 사이에 문제를 불러올 자가 그자 말고 또 누가 있을까?

사케를 홀짝이던 환 오빠가 훈 오빠에게 비난의 화살을 날렸다.

"너는 일본인이면 다 싫지? 그러니까 다이도 싫은 거지! 다이가 훌륭한 동업자라는 건 말할 것도 없고, 내게는 좋은 벗이야."

"난 형이 불쌍해. 일본인을 벗으로 두어 영광이지? 자포자기에 빠져 허덕이는 불쌍한 영혼만이 그런 생각을 할 수 있을걸!"

"거울을 봐, 훈! 너야말로 불쌍한 영혼의 표상이야!"

"그리고 형은 술주정뱅이에 배신자고!"

환 오빠가 훈 오빠에게 덤벼들었고, 둘은 바닥으로 넘어졌다. 한데 엉겨 붙어 응접실 바닥을 구르다가 나무 탁자를 쳤고, 그 바람에 정원에서 갓 꺾은 꽃들을 한가득 꽂아 둔, 엄마가 제일 아끼는 도자기 화병이 깨졌다. 아빠가 무서운 얼굴로 응접실로 달려왔다. 아들들보다 나이가 배는 많고 듬성듬성 흰머리가 났지만, 아빠는 성경에 나오는 이스라엘의 장사 삼손 못지않은 힘을 보여 주었다. 오빠들의 멱살을 잡아 번쩍 들어 올리더니, 현관 밖으로 질질 끌어다 내팽개쳤다.

"우리 집은 나의 성전이다. 평화와 기도와 화합의 장소야! 서로의 차이를 인정하지 못하겠거든 이 집에서 나가!"

아빠의 격분에 놀라고, 생각지도 못한 엄청난 힘에 또 한 번 놀라 멍해진 오빠들은 적막한 밤거리로 내쳐지지 않으려고 마지못해 화해의 악수를 했다.

아빠가 나를 꼭 안고 속삭였다.

"내 작은 천사, 앞으로 너에겐 강제 노역은 없다."

이제 이치반 소학교는 나에겐 지나간 과거다!

엄마도 편두통을 잠재우려 생강차를 마시며 고개를 끄덕였다.

"미옥아, 넌 석하에 가서, 상처를 치료하고 요양하며 지내게 될 거야. 알겠지?"

"네, 엄마."

물론 이렇다 할 진짜 상처는 없었다. 발에 두어 군데 잡혔던 물집은 한두 주 지나면 나을 것이다. 퍼렇게 물든 양팔도 이튿날 아침엔 색이 옅어졌다.

소학교여, 안녕! 지긋지긋한 센세이여, 안녕! 염색 공장이여, 안녕!

겨울이었지만 석하산은 내게 안식처이자 천국으로 가는 문과도 같았다. 우리의 산골 집은 봄과 여름에는 초록을 자랑하고, 가을에는 타는 듯한 단풍으로 물드는 위풍당당한 나무들로 둘러싸여 있었다. 그 나무들에는 감, 은행, 밤 같은 열매가 열렸다. 겨울에는 얼어붙은 잿빛 하늘을 배경으로 서 있는 나무들이 마치 앙상한 뼈처럼 보였다. 산골 집은 조용했다. 어떤 이들에게는 견디기 어려울 만큼 적막하게 느껴질지 몰라도 내겐 그렇지 않았다. 공장의 기계에서 나는 소음과 강제 노역을 종용하며 그칠 줄 모르고 이어지던 센세이의 윽박지름에 질릴 대로 질린 터라, 눈 덮인 산의 고요가 내 귀에는 도리어 음악과도 같았다.

석하산에 함께 온 아줌마가 내 영혼의 동반자가 되어 주었다. 아줌마는 몸집이 작고 할머니라 불러도 이상하지 않을 정도로 나이가 지긋했지만, 기운이 좋아서 아줌마 앞에선 오히려 내가 할머니가 된 기분이 들곤 했다. 아줌마는 동이 트기 무섭게 일어나 물고기를 잡고, 장작을 패고, 산 아래 마을에서 장을 봐 와 음식을 만들었다. 얼음처럼 찬 폭포수 밑에서 빨래하고, 집 안을 쓸고 닦았다. 그러는 내내 나는 줄곧 잠을 잤다.

일평생 고생하고 살아서 손도 얼굴도 가죽같이 질기고 등은 굽었어도 아줌마가 의지와 정신을 굳게 지켜 낼 수 있었던 데에는 이 같은 생존 전략이 절대적인 역할을 했다. 곱삿병[5]을 앓아서 난쟁이처럼 왜소하고 절뚝대는 걸음마다 몸이 흔들릴지언정 병 때문에 기력이 쇠하는 일은 절대

5 비타민 디의 부족으로 뼈의 성장에 장애가 생겨 뼈가 휘거나 매우 약해지는 병. 구루병.

없을 것 같았다. 나는 자질구레한 일이라도 도와 보려고 했지만 오히려 방해가 되었다.

더 할 일이 없을 때면 아줌마는 편지를 썼다. 그러고는 저고리 안쪽, 심장과 제일 가까운 자리에 꿰매 만든 속주머니 속에 그 편지들을 꼭꼭 접어 넣었다. 누구에게 쓴 편지인지 부치기는 하는 건지 도통 수수께끼였다.

더없이 행복한 나날들이었다. 나는 늦잠을 자고 일어나 바위투성이의 차가운 산자락을 오래도록 걷다가, 반짝이는 조약돌과 알록달록한 석영을 주워서 훈 오빠한테 받은 분홍색 비단 복주머니에 차곡차곡 모았다. 계곡이 내려다보이는 늙은 소나무에 매달아 놓은 나무 그네에 앉아 흔들흔들 그네를 타거나 찬 바닥에 얼어붙어 있는 밤을 주웠다. 밤이 되면 별이 빛나는 하늘 아래 모닥불을 피워 놓고 아줌마와 따뜻한 우롱차를 마시며 군밤을 구웠다. 말은 거의 내가 혼자 다 했다. 가족이 그립고, 훈 오빠와 함께한 수요일 밤 둘만의 시간이 그립고, 백선 백화점이 그립다고 하소연했다. 백화점에서 파는 다양한 신상품 이야기도 했다. 손님들 사이에 대소동을 일으킬 뻔한 영국 런던에서 사 온 가죽 구두, 개장하기 몇 시간 전부터 일본 아가씨들을 줄 서

게 했던 불란서산 한정판 비단 긴 양말. 나로서는 꿈에서나 가져 볼 법한 사치품들이었다. 어느 날엔가 훈 오빠에게 내일모레면 내 열세 살 생일이라고 넌지시 알려 주면서도 나는 내 소원이 이루어지리라고는 꿈에도 상상하지 못했다.

"세상에, 아줌마. 내가 그 이튿날 새 구두와 불란서산 양말을 신고 교회에 갔었거든요. 그랬더니 친구들이 난리가 났었어요. 꼭 공주가 된 기분이었다니까요!"

아줌마한테는 내 말이 얼마나 철없게 들렸을까.

온갖 철학적인 생각으로 가득하던 어느 보름달이 뜬 밤에 나는 아줌마에게 세상 그 누구에게도, 심지어 훈 오빠에게조차 털어놓지 않았던 속마음을 고백하며 맹세코 비밀을 지켜 달라고 신신당부했다. 나는 하나님에 대한 믿음에 의문을 품었다고, 아무리 노력해도 엄마와 아빠처럼 하나님을 믿을 수 없다고 했다. 부모님을 행동하게 만드는 그런 열렬한 마음이 생기지 않는다고 말이다. 부모님은 하나님에 대한 맹목적인 믿음 덕분에 더 훌륭한 사람이 되었을지는 모르겠지만, 어떻게 우리의 이 고통스러운 세상을 보고도 신의 존재를 느낄 수 있는 건지 나로서는 의문이었다.

"솔직히 얘기해 보세요, 아줌마. 아줌마는 하나님의 존재를 느끼세요?"

아줌마는 잠시 생각에 잠긴 채 조심스럽게 말을 골랐다. 이윽고 아줌마가 입을 열었다.

"때때로 우리가 사는 세상은 차갑고 희망이 없는 곳처럼 느껴지기도 하지. 한데 미옥아, 포기하고 싶은 마음이 들면, 그때마다 별을 봐. 별들이 너에게 희망을 줄 거야."

고개를 들어 가만히 하늘을 쳐다보았다.

"별은 아름다워요. 하지만……."

아줌마가 말을 이었다.

"아름답다 뿐이냐. 우리 인간의 눈에는 시간과 공간을 가르며 나아가는 반짝거리는 작은 빛으로만 보이지만, 하나님의 존재, 그분의 천국을 우리에게 일깨워 주려고 저리 빛나는 거야."

아름다운 생각이었다. 나는 더는 신을 의심한다는 말을 꺼내지 않기로 했다. 아줌마의 믿음에 딴지를 거는 일도, 아줌마에게서 복된 삶을 앗아간 세상에서 아줌마가 간직한 한 줌의 희망을 부서뜨리는 일도 하지 않을 것이다.

아줌마에게 염색 공장에서 만난 송호 이야기도 들려

주었다. 송호에게 끔찍한 운명의 짐을 지운 소위 신과 하늘과 땅을 욕했다.

"송호는 어떻게 될까요?"

"그야 아무도 모르지."

아줌마가 낮게 신음 소리를 내고는 이어 말했다.

"그 아이에게 복이 있다면 삶을 더 나은 쪽으로 바꿔줄 사람들을 만날 거야. 내가 너희 가족을 만난 것처럼."

"아줌마는 정말 더 나은 삶을 살고 계세요?"

아줌마가 고개를 끄덕였다.

"그럼, 미옥아, 그렇다마다."

"행복한 삶이요?"

"그런 것 같구나."

반짝거리는 별들처럼 아줌마에 대한 나의 존경심은 하루가 다르게 커져만 갔다.

"아줌마는 편지 쓰는 걸 좋아하시잖아요. 특별한 사람을 생각하고 있나 봐요."

아줌마가 당황한 듯 얼굴을 찡그렸다.

"손주한테 쓰는 거야."

"어딨는데요, 손주가?"

"올해 초에 일본 제국군에 징집되었지. 나는 매일 밤 그 아이를 위해 기도한단다."

훈 오빠와의 저녁 식사가 생각났다. 그때 오빠는 일본군이 조선인 남자들을 징집해 간다고 이야기했다. 열여덟 살에서 스물한 살 사이의 청년들이 1차 징집 대상이었다. 오빠들은 몇 살 차이로 운 좋게 징집을 피한 것이다.

"일본군에 끌려간 조선인 병사는 최전선에 서 있는 총알받이나 매한가지야."

훈 오빠가 젓가락으로 칼국수를 건지며 말했다.

"센세이 말로는 일본이 전쟁에서 이기고 있다던데? 조선인들은 왜 징집하는 거야?"

내 말을 들은 훈 오빠가 배꼽을 잡고 웃었다.

"사악한 너희 센세이는 다른 일본 놈들하고 똑같아. 거짓말쟁이라고! 그런 정치 선전에 놀아나서는 안 돼. 애초에 일본은 조선인들을 참전시키지 않으려고 했어. 군사 훈련을 받고 군 진지가 생기면 힘을 키워서 제국군에 대항하며 들고일어날 거란 생각에 두려웠던 거지. 그런데 지금 일본은 궁지에 몰린 쥐야. 극한으로 치닫고 있어. 왜냐고? 오빠가 전에도 말했지. 일본이 전쟁에서 지고 있다고. 패전은 시간문제야."

그때 오빠가 한 말이 사실이었을까? 만약 그렇다면 아줌마의 손자는 총알받이가 되어 이미 죽은 목숨일까? 머릿속에서 훈 오빠의 목소리가 들리는 것 같았다.

'맞아, 꼬맹아. 아주머니 손자는 죽었어!'

내가 아줌마에게 물었다.

"손주 소식은 들으셨어요?"

아줌마가 밤하늘을 올려다보자 갑자기 달빛에 가려져서 별이 보이지 않았다. 지난날을 그리워하며 아파하는 사람이 그렇듯 아줌마는 희망을 잃어버린 눈으로 달을 바라보며 중얼거렸다.

"아니."

나도 아줌마를 따라 달을 보았다.

매주 주말이면 부모님이 번갈아 가며 산골 집을 찾아와 나와 함께 시간을 보냈다. 또 몰래 백화점을 빠져나올 기회가 생기면 훈 오빠가 깜짝 방문해서 나를 놀라게 했다. 아빠는 밀린 성경 공부 외에도 읽기와 산수를 가르쳐 주었다. 조선의 역사도 알려 주었다. 역사 속 전쟁, 위대한 왕과 왕비들, 수 세기 동안 통치를 이어 간 화려한 왕조들.

내 나라와 민족에 대해 이토록 아는 게 없었다니 얼마나 안타깝고 원통한 일인지! 하지만 누가 나를 비난할 수 있을까? 부모님은 강제 노역 전에는 우리 역사에 관해 이야기하신 적이 거의 없었다. 나 역시 일본인들에게 줄곧 세뇌당해서 물어볼 생각도 하지 못했다. 그런데 이제 와서 부모님이 우리 한민족의 역사를 일러 주는 이유가 무엇일까?

아빠가 말했다.

"일본이 전쟁에서 지고 있다."

일본이 전쟁에서 지고 있다! 때때로 나는 센세이와 시무라 교장이 내가 아파서 요양해야 한다는 말을 의심하면 어쩌나 걱정했다. 그런데 그들은 한 번도 의혹을 내비치지 않았다. 적어도 내가 알기로는 그랬다. 정말로 일본이 전쟁에서 지고 있다면 그들에게는 더 심각한 걱정거리가 많아졌을 것이다. 그래서 나를 추궁할 겨를이 없었나?

난로 옆에 앉아 카드놀이를 하던 어느 날 저녁, 훈 오빠가 내 생각을 듣고 웃음을 터뜨리며 말했다.

"하! 아버지가 매주 쌀가마니와 달걀 바구니를 그놈들 집 앞에 가져다주니까 입을 꾹 다물고 있는 거거든!"

4

해방

아무리 작은 친절도

결코 잊히지 않는단다.

즐거운 고독 속에서 보내던 평일이 지나고 어느 토요일 아침, 엄마가 산 아래 골짜기에 있는 고아원에 같이 가자고 했다. 그다지 내키지는 않았지만, 엄마의 마음을 훔친 새 아이들이 궁금하기도 해서 어물쩍 따라나섰다.

엄마가 말했다.

"어려움에 처한 이들을 돕는 게 좋은 교육이야."

요즘 나는 좋은 교육이라는 게 뭔지도 모르겠거니와, 좋은 교육을 받아서 뭐 할 건지도 모르겠다. 고아원에 도착하자 아이들이 엄마를 보고 우르르 달려 나왔다. 엄마를 에워싸고 애정 어린 포옹과 입맞춤을 나누는 걸 보고 있자니 나 역시 감정이 벅차올랐다. 아이들의 눈에 공허하면서도 슬픔에 찬 송호의 눈이 겹쳐졌다. 작은 얼굴들 하나하나가 머릿속을 맴돌며 이 가여운 영혼들을 지켜 주고 싶은 마음이 솟아났다. 그러나 내가 할 수 있는 것은 성경을 읽어 주고 식사를 챙기고, 놀이를 준비하거나 정리하는 일에 한정돼 있었다. 아이들의 삶을 바꾸기에는 턱없이 부족한 사소한 일들뿐이었다.

엄마가 말했다.

"네가 틀렸어, 미옥아. 너는 아이들의 얼굴에 미소를, 아이들의 삶에 작은 햇살을 가져다주는 일을 하는 거야. ***아무리 작은 친절도 결코 잊히지 않는단다.***"

나는 주말마다 아이들에게 가기로 했다. 마음속엔 늘 송호가 따라다녔다. 내가 건넨 주먹밥과 레몬 사탕이, 세상 모든 사람이 염색 공장 감독관 이씨처럼 악한 것은 아니라는 믿음을 주기를 바랐다.

저녁이면 전에 수놓던 나의 한가위 보름달 자수를 다시 꺼내 들었다. 등잔불 옆에서 한 땀 한 땀 수를 놓아 달을 채워 나갔다. 어깨 너머로 말없이 지켜보던 아줌마는 내 건강을 걱정하면서도 기특한 눈으로 바라보았다. 마침내 달이 완성되었을 때는 뿌듯한 마음에 자꾸 생글뱅글

웃음이 나왔다. 실이 해지기도 하고 여기저기 비뚤배뚤한데도 아줌마는 내 달이 아름답다고 했다. 아줌마 말을 믿고 싶지만, 한발 물러나서 내가 수놓은 달을 보니 그건 평면에 걸린 그저 그런 달일 뿐이었다. 화폭 위에 새겼어야 할 시는 어디 있을까?

"아줌마, 내 달은 외로워 보여요."

"추석의 한 장면을 수놓아 보면 어때? 의미를 담아 하나의 이야기를 만들어 봐."

의미를 담은 이야기!

마음이 동요되었지만 미적 감각이 없는 내가 추석의 한 장면을 어떻게 이야기로 담아낼 수 있을까? 학교 미술 시간에 점수를 잘 받기는 했지만, 그건 재능보다는 노력과 완성도에 따라 매겨진 점수였다. 어차피 조선인들은 재능이 없는 민족이라나! 센세이가 우리에게 입버릇처럼 하던 말이다. 쳇! 조선 예술의 역사는 신석기 시대까지 거슬러 올라간다고 아빠가 가르쳐 주었고, 환 오빠와 훈 오빠야말로 센세이의 말이 거짓이라는 살아 있는 증거다. 타고난 음악성 하며 백선 백화점에서 드러나는 미적인 감각까지, 조선인 사회에서 두 사람에게 재능이 넘치는 형제라는 수식

어를 괜히 붙인 게 아니란 말이다.

두 오빠가 재능이 많은 것과는 달리 나의 재주는 운동신경이 남보다 좋은 게 전부였다. 물론 덕분에 학교에서 체육대회가 열리면 줄타기, 멀리뛰기, 백 미터 달리기와 같은 종목에서 일등 상을 휩쓸었다. 그래, 나는 내 또래 사내아이들보다 달리기만큼은 자신 있었다. 하지만 예술 작업에 달리기나 뜀뛰기 실력이 무슨 도움이 되겠는가?

나는 밤이면 밤마다 멍하니 앉아 화폭만 쳐다보았다. 때때로 마음은 나의 고향 신의주를 헤매었다. 신의주는 점점 나에게서 신화 속 장소처럼 되어 가고 있었다. 나에게서 고향이 희미해지지 않도록 나는 생각하고 또 생각했다. 집, 가족, 훈 오빠와의 수요일 밤 둘만의 저녁 시간, 백선백화점. 그러자면 그 모든 친숙한 것들이 한없이 그리워져서 내 슬픔은 더욱 깊어만 갔다. 그러다 문득 이치반 소학교나 염색 공장이 떠오르면 아무리 외로울지라도 석하산에 머문다는 사실이 감사할 따름이었다.

어느 밤, 아줌마에게 토로했다.

"의미 있는 이야기가 떠오르질 않아요. 아니 그 무엇도 떠오르질 않아요."

"걱정 말거라, 미옥아. *네가 기대하지 않은 어느 순간에 영감이 떠오를 거야.*"

*

1945년, 고요하기만 하던 겨울이 지나고, 세차게 흐르는 강물과 개울물 그리고 둥지 속에서 지저귀는 아기 새들의 울음소리가 그 자리를 대신했다. 눈부시도록 아름답게 피어난 분홍 진달래와 노란 개나리가 산허리를 환하게 밝혔다. 날씨가 무척 온화해져서 고아원의 아이들 또한 너나없이 밖으로 나와 꽃을 따고 산을 탔다. 괭이질하고 씨앗을 뿌리고 곡식을 심는 것과 같은 농사일을 배웠다. 나는 봄날 우아한 벚꽃이 흐드러지게 피고, 여름날 연못 가득 연꽃이 피어나는 계절의 변화를 사랑했다. 하지만 시간이 갈수록 향수병이 괴로울 정도로 깊어만 갔다. 신의주, 나의 도시만이 줄 수 있는 그 빛과 기운이 그립기만 했다.

7월에 들어서 장마철이 되자, 산 위의 생명들이 그 자취를 감추었다. 기나긴 3주 동안 나도 아무 할 일 없이 집에 갇혀 있어야만 했다. 심지어 주말이 되어도 엄마 아빠가 오지 않았다. 산 아래로 토사가 흘러내려 산사태의 위험이 커졌기 때문이다. 아줌마는 매일 같이 바둑을 둬 주면서 내 기분을 북돋워 주려고 애썼다. 바둑은 반짝반짝한 흰 돌과 검은 돌을 바둑판 위에 번갈아 두며 자기 집을 많이 만들고 상대편의 집을 차지해야 하는 놀이다. 바둑돌을 어떻게 놓느냐에 따라 한 판이 몇 시간씩 이어지기도 하고 단 일 분 만에 끝나기도 한다. 아줌마는 매번 가볍게 나를 이겼다. 또 우리는 만두를 빚고 지짐을 부쳐 먹었다. 밤이 되면 아줌마는 편지를 썼다. 나는 그 옆에 앉아 나의 외로운 달을 꺼내 추석의 의미 있는 한 장면을 그려 보려고 애썼지만 허사였다. 왜 이렇게 어려울까? 영감은 대체 언제 어디에서 오는 걸까?

마침내 긴긴 장마가 끝나고 구름이 걷히면서 장엄한 푸른 하늘이 드러났다. 나는 집 밖으로 나와 얼굴 위로 내리쬐는 햇살을 한껏 즐겼다. 그러다가 흙탕물을 튀기며 산비탈로 달려 내려갔다. 세차게 쏟아지는 폭포 아래에 서서 흙냄새를 맡았다. 야생화를 꺾어서 고아원의 아이들을 찾아가 깜짝 놀라게 해 주었다. 아이들은 나를 동그랗게 에워싸고 따스한 볕을 쬐며 신이 나서 폴짝폴짝 뛰었다. 송호는 어땠을까? 그 아이에게 지금 같은 순간이 있었을까? 얼굴에 닿는 햇살을 느껴 본 적 있을까? 상상하기 어려웠다.

산골 집으로 돌아와 감나무에 매달린 향긋한 감 냄새를 맡으며 정원 사이로 난 오솔길을 걸었다. 적어도 장엄한 일몰이 펼쳐지는 이곳 고요한 산꼭대기에서 바라보는 세상은 더할 나위 없이 아름다웠다. 그 어떤 예술가라 해도 재현해 낼 수 없고, 그 어떤 인간도 망가뜨릴 수 없는 광경에 경외감을 느끼며 나는 하염없이 하늘을 바라보았다.

바로 그때…….

그렇다, 아줌마 말대로 예상하지 못한 순간, 나에게 영감이 떠올랐다. 아줌마가 옳았다. 아름다운 추석의 한 장면이 총천연색으로 생생하게 되살아났다. 나는 당장 집 안으로 달려 들어가 머릿속에 담은 그 장면을 화폭에 그대로 옮기기 시작했다.

그리고 그날, 그보다 훨씬 더 엄청난 사건이 일어났다. 일본의 항복으로 제2차 세계 대전이 끝난 것이다. 먼 마을에서 울리는 자유의 종소리가 들려왔다. 나는 기쁨을 만끽하며 생각했다. 센세이는 지금 눈알이 튀어나오도록 악을 쓰고 있으려나!

"우리는 미국 악마들과의 전쟁에서 이기고 있다."

푸우! 쳇이다, 쳇! 거짓말, 거짓말, 죄다 거짓말! 나는 어서 빨리 집으로, 훈 오빠가 기다리는 우동집으로, 매혹적인 향기가 가득한 백선 백화점으로 돌아가고 싶었다. 어서 빨리 신의주의 거리를 뛰어다니면서 목청껏 외치고 싶었다.

해방이다!

하지만 뭔가 이상했다. 아줌마는 걱정스러운 표정을 감추고 아무 일도 일어나지 않은 것처럼 평소와 다름없이 집안일을 했다. 부모님은 어디에 있을까? 왜 나를 데리러 오지 않지?

아줌마가 큼직한 함지박에 샘물을 담고, 허리를 굽힌 채 도라지를 씻으며 말했다.

"주말에는 오실 거야."

"아니, 왜요? 전쟁은 끝났고 조선은 해방되었어요. 모든 게 변했잖아요? 우리는 집에 갈 수 있어요! 우리는 왜 축하하지 않아요? 아줌마, 아줌마는 기쁘지 않으세요?"

아줌마가 몇 개 남지 않은 이로 도라지 뿌리를 씹어 맛을 확인하고는 말했다.

"미옥아, 변화가 늘 좋은 쪽으로 흐르는 건 아니란다."

"지금의 변화는 우리가 자유로워졌다는 거잖아요."

"수만 명의 민간인이 희생되었을 땐 얘기가 다르지."

내가 눈살을 찌푸리고 물었다.

"아줌마, 그게 무슨 말씀이세요?"

"아침에 장에 갔더니 마을 사람들이 한창 떠들더구나. 지난 며칠 사이에 미국이 일본의 두 개 도시에 폭탄을 투하했다고. 폭탄이 떨어진 그 도시는 완전히 파괴되었대. 어른, 아이 할 것 없이 아무 죄 없는 무수한 사람들이 목숨을 잃었어. 누가 아느냐, 다음은 조선 차례가 될는지."

그게 사실일까? 무슨 생각을 하고 무슨 기분을 느껴야 할지, 아니 대체 무엇을 믿어야 할지 알 수 없었다. 석하산에서 우리는 바깥세상과 격리되어 있었다. 나에겐 모든 게 거짓말인 것 같았다. 그러나 산과 하늘과 골짜기는 어제도, 일본에 폭탄이 떨어졌다는 그날도 평화롭고 장엄하기만 했다.

내가 의아해하며 물었다.

"어떻게 폭탄이 도시 전체를 파괴할 수 있어요?"

"난들 알겠니. 나야 들은 대로 전하는 것뿐이다만, 사실이지 싶다. 그렇지 않으면 일본이 항복할 리가 없지."

설사 그 소문들이 사실이라고 해도 난 티끌만큼도 안타까운 마음이 들지 않았다. 인과응보란 이럴 때 쓰는 말이다. 결국, 훈 오빠 말대로 애초에 진주만을 공격해서 먼저 싸움을 건 게 일본이었으니까. 아시아 전역을 차지하기 위해 일본은 얼마나 많은 생명을 앗아갔던가? 그들이 일으킨 추악한 전쟁에 얼마나 많은 조선인이 강제로 동원되었나.

"음, 저는 미국이 조선에 폭탄을 떨어뜨릴 거라고는 믿지 않아요. 아줌마, 솔직히 자기 나라에서 일어난 죽음과 파괴에 대한 책임은 전적으로 일본에 있다고요!"

불쑥 내뱉은 증오에 찬 내 말에 아줌마가 깜짝 놀랐다.

나 역시 놀라긴 마찬가지였다. 아줌마가 기겁하며 조용히 내 이름을 불렀다.

"미옥아."

내가 부끄러워하며 답했다.

"죄송해요. 진심이 아니었어요."

전쟁이 모든 사람에게 악한 마음을 심는다는 사실을 나는 빠르게 배우고 있었다. 센세이, 감독관 이씨 그리고 나마저도.

아줌마가 말했다.

"진심이 아니라는 거 안다. 한데 미옥이 네가 알아야 할 게 있어. 신의주에 분란이 일고 있다는 소문이 있어."

나는 두려움에 휩싸였다.

"분란이요? 무슨 일인데요?"

"소련군이 거리를 순찰하고 있다더구나."

"소련군이 왜요?"

"우리를 미국으로부터 지키기 위해서래."

나는 혼란에 빠졌다.

"미국은 전쟁에서 이겼고 우리를 일본한테서 해방시켰잖아요. 미국은 적이 아니라 친구예요."

"소련은 상황을 달리 보고 있다더구나. 마을 사람들이 하는 말로는 그래."

"그럼, 우리 식구들은요? 괜찮나요?"

"안 그래도 네 엄마가 전보를 보내왔어. 다들 잘 있대. 한데 너도 알다시피 너희 아버지가 소련 말을 잘하시잖아. 우연히 소련군 장교들이 하는 말을 들었는데, 소련군이 남쪽에 주둔한 미국군과 우리 땅을 놓고 권력 투쟁을 벌이려는 모양이야."

내가 놀라서 물었다.

"그럼 또 전쟁이 일어난다는 말인가요?"

"글쎄, 그걸 누가 알겠니."

주말이 되어 나를 찾아온 부모님은 내가 염려한 최악의 상황을 사실로 확인해 주었다. 나는 아직 집으로 돌아가지 못한다.

"소련군 때문인가요?"

내가 아빠에게 물었다.

"그래, 미옥아. 신의주에서는 분란과 폭동이 매일 같이 일어나고 있어. 평화와 화합이 이루어지면 그때 집으로 가자꾸나."

"그럼, 식구들 모두 이리로 온다는 말씀이세요?"

"아니야, 미옥아. 우리는 당분간 신의주를 지키면서 백화점 영업을 할 거야."

"그런데 아빠, 소련군이 왜 신의주에 있어요? 아줌마 말씀이 우리를 미국으로부터 지키기 위해 순찰한다던데, 그게 무슨 말이에요?"

"우리 땅을 지켜 주러 왔다고 주장한다만, 그게 누구를 위한 건지는 여전히 의문이지."

아빠의 설명에 따르면 해방의 기쁨은 오래가지 못했다. 소련군이 북쪽 지역으로 빠르게 밀고 내려오면서 대혼란이 일어난 탓이었다. 일본 사람들은 겁에 질려 문을 걸어 잠그고 벽장 속에 몸을 숨겼다. 그렇다고 조선인에게 좋은 일도 아니었다. 조선인들 역시 공포와 두려움에 떨며 신의주 거리를 오갔다. 그리하여 나는 우리에게 평화와 화합이 찾아오길 고대하며, 석하산에 계속 머물러야 했다.

낙엽이 지고 차가운 바람이 불어오면서 석하산에는 빠르게 가을이 왔다. 그리고 추석을 맞아 가족들이 산골집으로 왔다. 아줌마와 나는 오전 내내 약과를 만들었다. 잣 세 알을 고명으로 올려 장식한 꽃 모양의 약과는 명절상에 빠지지 않는 전통 과자다. 반죽을 튀기는 고소한 기름 냄새에 절로 군침이 돌았다. 나는 엄마가 무척 좋아하는 달콤한 약과를 내밀며 엄마를 맞이했다. 엄마의 눈이 환해졌다. 접시에서 약과를 집어 드는 순간만큼은 고통스러운 편두통도 잊은 것 같았다. 아줌마가 솜씨 좋게 말아

놓은 김밥도 엄마의 입맛을 돋우지는 못했는데 내가 만든 약과만은 예외였다. 엄마는 열 개를 넘게 먹고도 아쉬운 눈치였다.

엄마가 기도하는 사람처럼 눈을 감고 포옥 한숨을 내쉬며 말했다.

"정말 최고야. 고맙다, 미옥아."

그리고 이제 나의 보름달은 나물 반찬, 두부조림, 자연산 버섯, 만두, 매콤한 김치전, 약과 같은 명절 음식이 차려진 차례상 뒤쪽 벽에 하나의 작품으로 걸려 있었다. 내 달은 더는 외로운 달이 아니었다. 두둥실 떠오른 한가위 보름달이 감나무 아래의 어린 소년을 환히 비추고 있었다. 송호의 모습을 한 소년이었다. 나는 지옥의 방에 갇힌 송호가 그렇게 살기를 소망했다. 화폭에 새겨진 하이쿠의 오른쪽 아래에 행복을 상징하는 한자인 '복(福)'도 수놓았다. 내 비단 복주머니에 있는 것과 똑같은 글자다. 센세이라면 뻔하게 조선의 낡은 풍습이 드러나 보인다며 낙제점을 주었을 테지만, 지금 내 사랑하는 가족은 나의 작품에 온갖 칭찬을 쏟아부으며 나를 뿌듯하게 해 주었다.

"아름답다!"

"황홀해!"

"훌륭해!"

"사랑스러워!"

추석을 맞을 때면 늘 그랬듯이 우리는 산비탈을 올라 조상들의 묘소를 찾아 감사의 제를 올렸다. 그리고 무덤가에서 다 같이 노래를 부르고, 원을 그리며 춤을 추었다. 사흘간의 추석은 수확을 앞두고 풍년을 기원하며 조상에게 감사의 제를 올리는 흥겨운 명절이다. 우리는 보드라운 노란빛 녹두 고물과 얇게 저민 달콤한 감 그리고 삶아 으깬 고구마를 소로 넣어 반달 모양의 송편을 빚었다. 환 오빠와 훈 오빠도 명절의 흥을 즐기며 장기를 두었는데, 열 번 중 아홉 번은 훈 오빠가 이겼다. 둘은 골짜기에서 열리는 연날리기 대회에 나가 우승을 차지하기도 했다. 밤에는 보름달 아래 타오르는 모닥불 앞에 둘러앉아 따끈한 보리차를 후후 불어 마시고, 호두과자를 먹으며 재미있고 따뜻한 이야기를 나누었다.

그런데 올 추석날 밤에는 대화의 주제가 한반도 북쪽에 주둔하고 있는 소련군이었다. 우리 앞에 놓인 불안하고 불확실한 미래를 걱정하는 말들로 이야기가 맴돌았다.

이모가 물었다.

"소련군은 이곳에 얼마나 더 있을까요?"

삼촌이 대답했다.

"일시적인 주둔이야."

훈 오빠가 주장했다.

"북쪽에는 소련군, 남쪽에는 미군. 저는 한반도에서 내전이 일어날 거라고 봅니다."

환 오빠가 쏘아붙였다.

"헛소리 마! 곧 우리 정부가 세워지면 강대국들이 우리나라에서 나갈 거야."

훈 오빠가 고개를 내저었다.

"형, 역사학에 인류학까지 공부한 사람이 도대체 왜 그렇게 순진한 거야? 그게 아니면 대학에서 배운 게 하나도 없는 거 아냐?"

형제가 싸우기 전에 아빠가 곧바로 가로막고 나섰다.

"우리로서는 지켜보는 수밖에 없다. 지금은 한가위 보름달을 즐기자꾸나."

그날이 우리가 함께 지내는 마지막 추석일 줄 알았더라면, 나는 보름달에서 눈을 떼지 않았을 것이다.

5

소련군

차창에 양손을 붙인 채
아빠만 쳐다보았다.
우리 눈이 마주쳤다.
열차가 역을 출발했다.

거센 바람이 몰아친 10월의 어느 목요일 오후, 부모님이 기별도 없이 산골 집을 찾았다. 아줌마와 나는 '산토끼' 노래를 부르며 커다란 김칫독에 김치를 채워 넣고 있었다. 겨우내 땅속에 묻어 둘 김장 김치였다. 아빠가 곧장 금고로 가서 돈, 보석, 시계와 같은 값나가는 것을 가죽 가방에 챙겨 넣었다.

내가 물었다.

"아빠, 뭐 하세요?"

엄마가 아줌마와 나를 재촉했다.

"서두르자, 미옥아. 얼른 옷가지를 챙겨서 신의주행 다음 열차에 타야 해."

엄마의 다급한 목소리에 불안감이 밀려왔다. 엄마 입에서 어떤 대답이 나올지 몰라 두려운 나머지 더는 뭘 물어볼 수 없었다. 나는 엄마가 시키는 대로 짐을 챙겼고 내 보름달 자수화를 정성스럽게 접어 옷 사이에 넣었다.

아빠가 집 문을 걸어 잠근 후, 우리는 저마다 생각에 잠긴 채 묵묵히 산을 내려갔다. 침묵이 짙은 먹구름처럼 산비탈을 뒤덮었다. 밤이었고 하늘에는 별들이 무수히 반짝이고 있었지만, 별들이 나에게 희망을 얘기해 주지는 못했다. 추석날 보름달을 올려다볼 때도 그랬지만, 우리가 두 번 다시 석하산에 돌아올 수 없다는 사실을 그때 알았더라면, 나는 결코 눈앞에서 아빠를 떠나보내지 않았을 것이다.

열차에 오르기 전에 아빠가 귀중품이 든 가죽 가방을 엄마에게 맡겼다. 그런 다음 나에게로 돌아서서 내 어깨를 단단히 붙잡았다. 두 해 전 겨울, 엄마가 간염을 앓았을 때처럼 닥쳐올 위기 앞에서 각오를 다지는 듯한 몸짓이었다. 당시 난 내 삶이 다시는 전과 같지 않을 거라는 두려움을 느꼈다. 다행히 엄마는 시련을 이겨 내고 건강을 되찾았다. 나는 마음속으로 되뇌고 또 되뇌었다.

다 괜찮을 거야.

다 괜찮을 거야.

내가 하는 말을 내가 믿기는 한 걸까?

"미옥아, 잘 들어. 신의주는 정치적으로 불안한 상황이야. 무장한 소련군이 거리를 점령하고 있어. 이제부터 엄마와 아주머니하고 같이 집으로 갈 텐데, 혹시 군인을 보더라도 절대 눈을 마주쳐선 안 돼. 자칫 위험한 일이 생길 수 있어. 집에 도착하면 무조건 집에만 있어. 절대 집 밖으로 나오면 안 된다. 아빠 말 알아들었지?"

"아빠는요. 아빠는 같이 안 가세요?"

아빠가 떨리는 입술을 깨물며 나를 힘껏 끌어안았다.

"미옥아, 넌 언제나 아빠의 작은 천사다. 한데 아빠는 여기에 남아야 해."

아빠의 목소리가 흔들렸다. 나는 점점 커지는 불안과 흥분을 감출 수가 없었다.

"왜요, 아빠, 왜요?"

"새로운 정권은 아빠 같은 목사를 불온한 인물로 여긴단다. 내가 신의주로 가는 건 좋은 생각이 아니야. 아빠에게도 위험한 일이지만, 무엇보다 우리 가족의 목숨이 위태

로워질 수 있어. 자, 열차에 타거라. 엄마와 아주머니 곁에 꼭 붙어 있어야 해."

"새로운 정권이라뇨? 소련이 우리나라를 점령했나요?"

"지금 당장은 뭐라고 말할 수 없어. 지금은 하루가 다르게 나라 상황이 바뀌고 있단다."

"아빠, 그럼 훈 오빠의 말처럼 우리나라에 내전이 일어나는 건가요?"

"그런 일이 일어나지 않기를 바라자, 미옥아. 자, 어서 열차에 타."

"그럼 아빠는 어디 계실 건데요? 우리 산골 집에요?"

아빠가 고개를 저었다.

"교회 친구들이 거처를 마련해 두었다."

"어딘데요?"

"어딘지는 밝힐 수 없어. 네가 알면 위험해."

내가 안타까워하며 물었다.

"아빠……, 그럼 우린 언제 만나요? 왜 이런 일이 생기는 거예요?"

"질서가 회복될 때까지 잠시 헤어져 있는 거야. 어서 빨리 만나길 기도하자꾸나. 그때까지 침착함을 잃어선 안 돼. 엄마와 내가 일러 주는 대로 하고."

아빠가 나를 달래면서 동시에 스스로 걱정을 떨쳐 내려고 애썼다. 아빠를 놔주고 싶지 않아서 손마디가 하얘질 정도로 손을 꽉 붙잡았지만, 아빠는 나를 슬며시 엄마 품으로 밀어냈다. 부모님은 짧은 포옹을 나누었다. 엄마가 곧바로 나를 데리고 열차에 올랐다. 나는 자리에 앉아 차창에 양손을 붙인 채 아빠만 쳐다보았다. 우리 눈이 마주쳤다. 열차가 역을 출발했다.

나는 점점 멀어져 가는 아빠에게 입속말로 인사를 건넸다.

"아빠, 안녕."

열차가 천천히 선로를 따라 움직였다. 나는 우리가 왜 지금 신의주로, 그 혼돈의 불기둥 속으로 가야 하는지 의아했다. 왜 우리는 아빠하고 같이 산속에 머물면 안 되는 걸까?

엄마가 말했다.

"소련군이 석하산까지 들이닥치는 건 시간문제야. 우리는 지금까지처럼 신의주에서 사람들 속에 섞여 살아야 해."

"하지만 아빠는요?"

"아빠는 현재로선 안전하셔. 소련군이 아빠를 찾지는 않을 거야."

"그래도 아빠를 찾으러 오면 어떡해요?"

"만일 그들이 우리 집에 찾아와서 아빠의 행방을 물으면 우리는 있는 그대로 말하면 돼. 모르니까 모른다고 하는 거야, 알겠지? 그리고 미옥아, 네가 놀랄까 봐 미리 말할게. 신의주는 약탈자들의 손에 파괴되었어. 우리 백선 백화점도 불에 타서 잿더미가 되었고."

"누가 그런 짓을? 소련군이죠, 네?"

나는 망연자실하여 울먹였다.

"누구를 원망하고 있을 여유가 없다. 그런다고 벌어진 일을 돌이킬 수 있는 건 아냐."

"왜 우리 백화점에 불을 지른 거죠?"

"우리 백화점만이 아니라 다른 곳들도 불에 탔다. 도시 전체가 잿더미가 되었어."

시간을 거슬러 석하산으로 되돌아가고만 싶었다. 장맛비가 지붕을 때리는 소리를 들으며 아줌마와 오래도록 바둑을 두던 그때로. 나는 비단 복주머니를 꽉 쥔 채 손가락으로 주머니에 달린 술을 빙빙 돌렸다. 행복은 사라졌다. 엄마에게로 몸을 돌렸다. 엄마는 이제 눈을 감고 기도하고 있었다. 피곤함에 지친 엄마의 얼굴이 불면의 밤을 보내야 했던 시간들을 말해 주고 있었다. 아줌마는 귀신같이 창백한 얼굴로 똑바로 앞만 쳐다보았다. 손주를 생각하는 걸까? 창밖으로 그림같이 펼쳐진 가을날을 가만히 바라보았다. 화려하게 물든 저 산 너머에서 내가 사랑하는 도시를 소련군이 엉망으로 만들고 있다는 게 도무지 믿기지 않았다. ***나의 아름다운 도시 신의주를.***

신의주에 도착해 열차에서 내린 순간, 가슴을 먹먹하게 만드는 광경이 눈앞에 펼쳐졌다. 엄마 말대로 건물 대부분이 잿더미가 되어 있었고 문 닫은 상점들이 즐비했다. 내가 자주 가던 떡집과 우동집은 물론이고, 그 어느 곳보다 참담한 백선 백화점까지. 엄마가 귀띔해 주긴 했지만, 그래서 마음의 준비를 했지만, 건물 잔해만 남아 버린 백선 백화점을 보고 있자니 숨이 쉬어지지 않았다. 아름다웠던 건물과 매장들은 흔적이 없었다. 남은 거라곤 깨진 유리와 부서진 보석 장식장 그리고 머리가 잘린 마네킹과 그을음

뿐이었다. 겨드랑이에 길쭉한 갈색 빵을 끼고, 어깨 위로 커다란 기관총을 멘 추레한 백인 남자와 여자들이 길모퉁이를 서성이고 있었다. 나는 최대한 눈을 마주치지 않으려고 했지만, 이글거리는 눈빛을 무시하기란 쉽지 않았다. 소련군 병사들이라고 짐작은 했지만, 지금껏 내가 본 군인들과는 사뭇 다르게 보였다. 전에 환 오빠가 집시라고 부르던 소련 거지들이 떠올랐다. 조선 땅으로 건너와 거리를 떠도는 더러운 몰골의 노숙자들. 그들의 눈동자는 어찌할 바를 몰라 헤매고 있었다. 아빠는 불쌍한 집시 무리에게 교회 문을 열어 주었다. 그때 그들은 거리를 점령한 채 행인들에게 총을 겨누고 보도 위에 침을 뱉는 지금의 야만적인 병사들과는 전혀 다른 사람들이었다.

나는 몸을 웅크리며 중얼거리듯 엄마를 불렀다.

"엄마……."

"쉿, 나중에 얘기하자."

우리는 도시를 통과해 집을 향해 걸었다. 한때는 활기가 넘쳤으나 지금은 염색 공장의 굴뚝에서 뿜어져 나오던 연기보다 더 시커멓고 암울한 잿빛 도시였다.

"저 남자들과 여자들이 소련군이에요?"

조심조심 엄마에게 물었다.

"그래. 하지만 어른이기를 강요받은 아이들일 뿐이지."

엄마가 고개를 내저으며 덧붙였다.

"한창 집에서 가족 곁에 있으면서 보호받아야 할 아이들이건만. 보급받는 음식이라고 해 봐야 빵 한 덩어리가 전부일 텐데."

아줌마가 말했다.

"내 눈엔 아이들로는 보이지 않는데요."

병사들은 손목에서부터 팔꿈치까지 명품 시계를 줄줄이 차고 있었다. 우리 백화점에서 훔친 거겠지!

"엄마, 난 저들이 악한 사람들로 보여요."

군인들을 태운 군용차 한 대가 천천히 우리 곁을 지나쳐 갔다. 거리의 병사들과 똑같은 백인이었지만, 군복을 입고 무장을 한 채 더 위협적인 분위기를 풍기고 있었다. 그 차가 교차로를 통과하자 거리의 병사들이 군복을 입은 남자들에게 경례를 붙였다. 차에 탄 남자들이 오만하게 고개를 까딱이며 차례로 인사를 받았다.

다시 엄마에게 물었다.

"저 사람들은 누구예요?"

"소련군 장교들."

소련군에 대한 두려움을 돌담 밖에 두고 마침내 집 안으로 들어섰다. 약탈자들이 휩쓸고 간 신의주의 참혹한 거리도 아름다운 우리 집을 보는 순간 까맣게 잊혔다. 전쟁과 정치적인 혼돈 속에서도 우리 집은 아무 탈 없이 남아 있었다. 응접실에서는 오빠들이 백화점의 남은 물품들을 걱정하며 심각한 대화를 나누고 있었다. 환 오빠는 담배를 피웠다. 보통 때 같으면 부모님을 피해 밖으로 나가서 피우던 담배였다. 이렇게 침울한 얼굴의 오빠는 처음이었다. 자신감이 넘치는 화려한 모습은 온데간데없었다.

손으로 헝클어진 머리를 훑으며 난감한 표정을 짓고 있는 환 오빠에게 훈 오빠가 말했다.

"형, 이건 생존 문제야! 피비린내 나는 소련의 침공에서 우린 무조건 살아남아야 해. 다른 건 없어. 백화점은 잊어. 백화점은 끝났어! 그리고 제발 다이도 잊어. 또 다른 전쟁이 닥쳐오고 있다고!"

환 오빠는 어깨를 축 늘어뜨린 채 바닥만 내려다보고 있었다. 마치 꿈도 없고 희망도 없는, 다이 다카기조차 없는 세상에서 살아남느니 그냥 다 포기하는 게 낫겠다는 사람처럼 보였다. 내가 응접실로 들어가자, 암울한 현실에 관한 이야기는 끝났다. 오빠들이 나를 발견하고 자리에서 벌떡 일어났다.

"미옥아!"

오빠들이 반갑게 외치며 나를 에워쌌다.

두 사람은 괴로운 마음을 미소 뒤에 감추고 아무렇지 않은 척했다. 오빠들은 비정하고 잔인한 세상이 되어 버린 지금의 신의주로부터 나를 지키기 위해 애썼다. 그러나 나는 이미 기차역에서 아빠를 떠나보냈다. 소련군 병사들을 보았고 그들의 야만적인 행위도 목격했다. 백선 백화점의 최후도 두 눈으로 확인했다. 건장한 오빠들이 지켜주고, 높은 담으로 둘러싸인 우리 집에 있는 한 안전할 거라고 생각했지만, 내가 선 대청마루까지도 소련인들의 소리가 들려왔다. 그들의 말소리, 사악한 웃음소리, 쏘아 대는 총소리. 어떤 사람인지 알 수 없었지만, 어쨌든 나는 그들이 너무도 미웠다.

그날 저녁, 우리는 밥상 앞에 모여 앉았다. 그동안은 아침 식사 자리가 우리 가족에겐 하루 중 가장 중요한 시간이었다. 제각각 할 일을 하러 집을 나서기 전에 모두 한데 모여 기도를 올리고, 맛있는 음식과 웃음을 나누는 유일한 끼니였다. 가족의 배웅을 받으며 제일 먼저 자리를 뜨는 사람은 언제나 나였다.

"좋은 하루 보내, 미옥아!"

"잘 다녀와, 꼬맹아!"

그런 말을 들을 때마다 내 마음은 공허하기만 했다. 이치반 소학교에서 나를 기다리고 있을 깊은 슬픔과 공포 탓이었다. 부모 없는 아이들과 함께 시간을 보내는 엄마, 교회 일로 정신이 없는 아빠, 백화점을 관리하는 훈 오빠는 물론이고 좀체 얼굴을 보기 힘든 환 오빠까지, 다른 시간에는 가족이 한자리에 모이기란 불가능했다.

수수께끼 같은 환 오빠의 행보는 늘 엄마의 가슴 한구석을 허허롭게 만들었다. 여동생들이 보통 그렇듯 나 역시 큰 오빠를 사랑했지만, 오빠는 꿈을 좇고, 사업을 하고, 젊은 사내로서 삶을 즐기느라 바빠서 나와는 시간을 보낼 틈이 많지 않았다. 그렇다, 환 오빠는 화려한 삶을 즐기는 멋쟁이이자, 기모노를 차려입은 미모의 일본 여성들을 흠모하는 청년이었다. 엄마는 그런 오빠를 당혹스러워했다.

언젠가 엄마가 환 오빠에게 물었다.

"넌 언제 참한 조선인 아가씨를 만나서 자리를 잡고 살래?"

"참한 조선인 아가씨가 비단처럼 보드랍고 재스민 향처럼 향긋하게 느껴지는 그날요, 어머니."

훈 오빠 역시 엄마의 가슴을 아프게 하는 아들이긴 했지만, 나와는 마음이 통하는 친구였다. 훈 오빠는 우동집에서도 일본식 우동 말고 조선식 칼국수를 선택하는 반일주의자였다. 오빠는 늘 혼자였고 가족 말고는 누구에게도 관심을 주지 않는 사람이었지만, 덕분에 난 훈 오빠의 사랑을 독차지할 수 있는 행운을 얻었다.

우리는 제각기 아빠를 마음에 품고 저녁상 앞에 둘러앉았다. 아빠는 엄마의 사랑하는 동반자이고, 환 오빠와 훈 오빠의 현명한 중재자이고, 나의 영웅이었다.

지나간 그 시간이, 아빠와 함께했던 아침밥이, 정곡을 찌르는 재치 있는 농담을 곁들인 아빠의 기도가 얼마나 그립던지.

"우리 앞에 놓인 음식에 감사드립니다. 내 아이들이 먹지 않으려 하는 미나리무침까지도요. 비타민과 무기질이

풍부한 십자화과의 채소가 건강에 좋을 뿐 아니라 심장과 소화에도 좋다는 사실을 잘 알면서도 말입니다. 주여, 기도가 샛길로 빠졌음을 용서하시고 이해하소서. 어디까지 했지? 아 그렇지. 오, 주님, 저희는 당신의 말씀을 잊지 않고 있습니다. '보라, 내가 온 지면 위에 씨 맺는 모든 채소와 씨를 내는 열매가 있는 모든 나무를 너희에게 주노니, 그것이 너희에게 먹을 것이 되리라.' 하나님 아버지, 감사합니다, 아멘."

이제 우리 앞에는 초라한 저녁상만이 놓여 있었다. 그나마 아줌마의 솜씨 덕분에 먹을 만한 밥상이 차려졌다. 도라지무침, 노란 고구마, 팥밥. 나는 오빠들 사이에 앉아 고개를 숙이고 눈을 감은 채 두 손을 모았다.

엄마가 기도를 시작하라며 훈 오빠를 쿡 찔렀다.

"훈."

훈 오빠가 차분히 말을 고르며 목청을 가다듬었다. 이윽고 오빠가 입을 뗀 순간, 감정이 북받쳐 올랐다. 시처럼 아름다운 말은 아니었지만, 아빠가 들으면 기특해할 것 같아서였다.

"사랑하는 주님, 아시다시피 이 목소리는 평소 밥상

앞에서 기도하던 그 목소리가 아닙니다. 우리의 사랑하는 아버지는 지금 이 자리에 계시지 않습니다."

고통스러운 침묵이 흘렀다.

"주님께서 아버지에게 일용할 양식과 쉴 곳을 마련해 주시길, 이토록 어려운 시기에 아버지를 안전하게 인도해 주시기를 기도합니다."

우리는 한목소리로 입을 모았다.

"아멘."

훈 오빠의 기도는 계속되었다.

"또한 사랑하는 주님, 이 음식을 주심에 감사드리며……."

오빠의 기도가 이어지는 동안 나는 눈을 뜨고 밥상 앞에 앉은 식구들을 둘러보았다. 광기 어린 시간 속에서 잠시 쉬어 가는 평화로운 순간! 그러나 아빠의 빈자리는 우리를 에워싼 세상이 허물어지고 있음을 일깨워 주었다.

저녁을 먹고 나서 아줌마와 나는 짐을 풀었다. 그날 정오에 너무나 급작스럽게 석하를 떠난 이후 처음으로 아줌마와 둘만 있는 시간이었다. 몇 시간 전까지만 해도 아줌마와 산에서 김치를 담그며 노래를 흥얼거리고 있었다는 게 믿기지 않았다. 단 몇 시간 동안 너무도 많은 일이 있었다.

내가 물었다.

"아줌마, 정말 우리 민족끼리 전쟁을 하게 될까요?"

아줌마가 내 옷을 한 벌 한 벌 정성껏 매만져 벽장 속에 걸며 말했다.

"그런 일이 없길 바라는 수밖에. 하지만 전쟁이 난다 해도 우리는 살아남을 거야."

"우리가 살아남을 걸 어떻게 아세요? 아줌마는 정말 손주가 돌아올 거라고 믿으세요? 정말 손주가 전쟁에서 살아남았을 거라고 생각하세요?"

아줌마 얼굴이 어두워졌다.

"미옥아, 나로서는 무사할 거라는 믿음을 갖는 것 외에는 할 수 있는 일이 없어. 그런 희망마저 없다면 난 모든 걸 잃는 거란다."

"저도 믿고 싶어요. 그렇지만 이젠 우리가 사는 도시조차 알아볼 수 없는걸요. 백선 백화점은 잿더미가 되었어요. 아빠가 없는데, 지금 어디 계신 건지, 언제 다시 만날 수 있는지조차 모르잖아요. 게다가 소련군이 거리를 점령하고 있고. 아줌마, 저는 믿음을 갖기가 어려워요."

"미옥아, 우리가 어찌할 수 없는 일은 고심하지 말도록 하자. 그보다 너의 방에 관심을 기울이면 어떨까? 자, 네 한가위 보름달은 어디에 거는 게 좋겠니?"

어느 때고 흔들림이 없는 아줌마의 굳건한 마음가짐에 나는 이번에도 감탄했다. 손자가 집으로 돌아오지 않는데, 어떻게 계속 희망의 끈을 놓지 않을 수가 있을까? 우리의 아름다운 도시가 이방인들이 지른 불에 연기 속으로 사라지고 있는 이때조차. 고된 삶이 잿더미에도 굴복하지 않는 강인한 생존자를 만들고 있음을 나는 몸소 배우고 있었다.

문득 송호가 떠올라 창밖을 내다보았다. 염색 공장도 문을 닫은 지금 송호는 어디로 갔을까? 살아 있기는 하려나? 최악을 상상하자 나도 모르게 몸서리가 쳐졌다. 아줌마의 조언대로 내 방으로 시선을 돌렸다. 바깥세상의 잔혹한 일들보다는 내 힘으로 바꿀 수 있는 것들에 집중하는 편이 나았다. 나는 방 한가운데에 서서 네 개의 벽을 찬찬히 바라보았다. 이부자리의 베개가 놓인 곳 맞은편 벽에 나의 보름달 자수화를 걸어야겠다고 마음먹었다. 잠들고 깰 때마다 평화롭고 행복한 기운을 받을 수 있는 자리이기 때문이었다.

밤늦게 환 오빠와 훈 오빠가 안방에 있는 다락방으로 올라갔다. 무슨 일일까 궁금했지만, 간혹 쥐가 나오는 곳이라 차마 따라갈 마음이 나지 않았다. 머리 위로 발소리와 부스럭거리는 소리가 들렸다.

다락방에서 대체 뭘 하는 거지? 곧 모습을 드러낸 오빠들이 옷가지들을 아래쪽으로 던졌다. 외투, 양모 양말, 내복, 장갑, 담요. 특히 겨울옷이 많았다. 백선 백화점에서 파는 제품들 치고는 수수한 것들이었다.

오빠들에게 물었다.

"무슨 일이야?"

방으로 내려온 오빠들이 옷가지들을 안고 바쁘게 내 옆을 지나쳐 갔다. 나는 안중에도 없었다.

"무슨 일이냐니까?"

오빠들을 따라 응접실로 가니 엄마가 있었다.

묵묵부답.

엄마와 환 오빠가 다락에서 꺼낸 옷들을 큰 포대 자루에 하나둘씩 개켜 넣었고, 동시에 훈 오빠가 백선 백화점

사무실에서 쓰던 검은색과 흰색의 주판알을 튕기며 셈을 시작했다.

훈 오빠가 말했다.

"천오백 원."

세 사람은 그 일에 몰두한 나머지 내 말에 신경 쓸 겨를도 없거니와 심지어 내가 옆에 있다는 사실조차 모르는 것 같았다.

나는 응접실을 나와 안방으로 갔다. 직접 그 답을 찾으려고 계단을 올라 다락방 위로 고개를 들이밀었다. 당연히 쥐나 박쥐, 기어다니는 징그러운 벌레들을 맞닥뜨릴 거라 예상했다. 그런데 놀랍게도 나는 생각지도 못한 반갑고도 놀라운 광경과 마주했다. 환하게 조명을 밝힌 깔끔한 다락방에는 백선 백화점에서 쓰던 매장용 옷걸이들이 있었고, 거기에 겨울 외투와 스웨터, 내복 등이 줄줄이 걸려 있었다. 왜 이 상품들이 가지런하게 정리되어 다락방에 숨겨져 있는 걸까? 그렇다면 귀금속, 고급 양복, 진주 머리핀, 비단 스카프 그리고 화장품과 향수들은 어디에 있는 걸까? 18캐럿 금시계의 행방은 내가 알고 있다. 소련군 병사들의 불결한 팔에 걸려 있던 바로 그 시계들!

다시 응접실 쪽으로 달려가는데 훈 오빠가 어깨 위에 포대 자루를 둘러메고 막 집을 나섰다. 대문 앞에서 두리번거리는 모습이 누군가를 찾는 것 같았다. 나는 대청에 앉아 창문 너머로 은밀한 만남의 현장을 지켜보았다. 대문 앞으로 누군가가 나타나 돈을 한 움큼 건네고는 자루를 받은 뒤 다시 어둠 속으로 자취를 감추었다. 훈 오빠가 재빠르게 집 안으로 들어왔다.

나는 훈 오빠를 따라서 환 오빠와 엄마가 초조하게 기다리고 있는 응접실로 들어가며 물었다.

"그 남자 누구야? 백화점에 오던 일본 손님이야?"

훈 오빠가 배를 안고 웃었다.

"지금까지 조선에 남아 있는 일본인은 죄다 꼭꼭 숨어 있단다, 꼬맹아. 그들은 소련인과 우리 조선인 모두에게 증오의 대상이니까."

환 오빠의 어깨가 축 처졌다.

"슬프지만 사실이다, 미옥아."

훈 오빠가 말했다.

"그런 걸 인과응보라고 하는 거지. 조선인들은 대부분 그렇게 생각해."

"쉿."

오빠들 사이에 싸움이 나기 전에 엄마가 나섰다. 둘의 싸움을 말릴 아빠가 없었다.

내가 물었다.

"그럼, 집 앞에 왔던 그 남자는 누구야?"

엄마가 나에게 알려 주었다.

"임씨."

"떡집 아저씨?"

엄마가 고개를 끄덕였다.

"날씨가 추워지고 있어서 겨울옷을 구하려는 사람들이 많아. 아는 동네분들에게 백화점에서 가져온 옷들을 싸게 파는 중이야. 덕분에 그럭저럭 살림을 꾸려 갈 수 있는 거다."

훈 오빠가 걱정스럽게 말했다.

"하지만 얼마나 더 버틸 수 있을까요? 우리 가족의 운명이 두 강대국 손에 달려 있다니!"

환 오빠가 고개를 끄덕이고는 말했다.

"일 년 내내 겨울인 것도 아니고, 언제까지 외투와 모자를 팔 수는 없어요."

엄마가 관자놀이를 문지르며 한숨을 내쉬었다.

처음엔 일본인, 이제는 소련인. 다음은 누구, 아니 무엇이 될까? 그 누구도 알 수 없는 일이었다.

6

다이 다카기

다 큰 어른이
어린아이처럼 우는 모습을
보고 있기가 힘이 들었다.

훈 오빠와 손님이 대문 앞에서 비밀스러운 거래를 하는 잠깐에만 나는 바깥세상을 엿볼 수 있었다. 밤이면 군인들의 눈을 피해 교회 신도들과 동네 사람들이 유령처럼 나타나서 외투와 필요한 물건들을 사 갔다. 닥쳐오는 겨울을 나기 위해서였다. 이씨네, 방씨네, 김씨네, 박씨네, 홍씨네, 정씨네. 모두가 이웃이고 지인이었지만, 그동안은 한 번도 백선 백화점 안으로 발을 들여놓은 적이 없는 사람들이었다. 그들도 일본인에게 판매하는 제품은 조선인에게는 팔지 못한다는 불문율을 잘 아는 터라 우리 가족에게 나쁜 감정을 품지는 않았다. 게다가 엄마 아빠는 교회와 지역 공동체를 위해 오랫동안 일해 왔고, 백화점에서 번 돈의 상당한 금액을 어려운 사람들을 위해 기부했다.

어느 저녁, 뜻하지 않은 손님이 대문 앞에 나타났다. 눈이 내리던 날이었고, 세상은 고요하고 평화로웠다. 그 어떤 악도 존재하지 않을 것 같은, 그 어떤 피도 신의주 거리를 물들이지 않을 것만 같은 그런 밤이었다. 하지만 나는 알고 있었다. 우리 집 돌담 너머에서 일어나는 극악무도한 사건들을 오빠들이 엄마에게 전했고, 그 목격담을 우연히 들은 것만 해도 벌써 몇 번인지 몰랐다. 반항적인 조선인들이나 기독교인으로 의심되는 사람들을 향한 소련인들의 적대감이 갈수록 커지고 있었다. 그런데 이상하게도 동네 교회는 아무 탈 없이 자리를 지켰고, 그 어떤 소련군 병사도 교회 안으로는 감히 발을 들여놓지 않았다.

언젠가 환 오빠가 걱정스럽게 말했다.

"교회 앞에 서 있다는 이유만으로 사람을 죽였어요!"

훈 오빠도 말했다.

"바로 우리 눈앞에서 총살했다고요! 어머니, 어머니는 교회로 가시면 안 돼요. 교회는 지금 죽음의 덫이 되었어요!"

엄마는 굴하지 않았다. 아침마다 고개를 꼿꼿이 들고

무장한 병사들 옆을 지나 교회에 갔다. 두메산골의 동굴 속에서 전염력이 강한 환자들을 돌보았던 그때처럼 엄마는 그 어떤 소련군 병사도 두려워하는 기색이 없었다. 그렇다, 설령 군인들이 엄마를 때리고 죽이려 덤벼들어도 엄마는 두려움 없이 받아들였을 것이다. 하나님을 섬기는 것을 자랑스럽게 여기며 죽음을 택할 엄마였다. 묘하게도 병사들은 엄마가 자유롭게 교회를 오가도록 내버려 두었다. 엄마에게 서린 성스러운 기운 때문에 함부로 막아서지 못하는 게 아닐까?

훈 오빠는 말했다.

"저 망할 거지새끼들에게 어머니가 하루도 빠짐없이 갖다주는 빵 봉지 덕분이라고 보는 게 맞을걸!"

그렇다 해도 엄마가 걱정되었다. 나는 아무 데도 못 가게 하면서 엄마는 매일 밤낮으로 위험한 곳을 지나다녔다. 교회와 고아원을 오가는 길은 폭력의 지뢰밭이나 마찬가지였다. 나는 당혹스럽기만 했다. 엄마는 왜 목숨을 걸고 위험한 곳을 다닐까? 더구나 아빠가 없는 지금 같은 때에 말이다. 처음에만 해도 조금만 견디면 아빠를 다시 만나리라 믿었는데, 소련군이 심문해야겠다며 교회 목사들을 잡아들이기 시작하면서부터 아빠와의 재회는 쉽사리 이루어지지 못할 걸로 보였다.

환 오빠가 말했다.

"목사님들을 가축처럼 잡아들이고 있어."

훈 오빠가 한탄했다.

"그리고 다시 돌아오지 못해. 그들이 한 번에 죽여서 묻어 버린다고."

근래에는 새로운 조선인 지도자가 나타날 거라는 소문으로 어수선했다. 일제 강점기 동안 나라 밖으로 망명했던 불가사의한 인물이라고, 곧 그가 나라를 되찾기 위해 돌아올 거라 했다.

훈 오빠가 말했다.

"혹은 그자가 나라를 망가뜨릴 수도 있겠지."

그러나 오늘 밤, 칠흑같이 검은 하늘 위로 날리는 부드러운 눈송이들을 바라보고 있자니 그 모든 게 아득하게만 느껴졌다.

들뜬 걸음으로 대문 밖에 나가 옛 친구인 다이 다카기를 맞이한 사람은 환 오빠였다. 훈 오빠는 적대감이 가득한 눈으로 다이가 들어오는 것을 지켜보며 이쑤시개를 질

근거렸다. 나는 자칫 그가 누군지 알아보지 못할 뻔했다. 늘 값비싼 옷을 차려입고 자만심으로 꼿꼿했던 사람이 가난한 소작농들이나 입는 시커먼 옷을 걸치고 나타났기 때문이었다. 다이 다카기는 껍데기만 남아 있었다. 예전의 면모는 온데간데없이 퀭한 눈에 구부정하고 여윈 몰골이었다. 젊고 부유한 일본인의 자신만만함은 그 어디에도 없었다.

훈 오빠는 눈곱만큼의 연민조차 없이 고개를 내젓더니 환 오빠에게 따졌다.

"형은 이 욕심쟁이 장사치를 왜 집 안까지 데려온 거야? 아하, 또 자기 몫을 챙기러 왔나? 아니면? 설마 다이, 가난하고 불쌍한 우리 조선인들에게 줄 선물이라도 훔쳐 온 거냐?"

"훈, 그만하거라."

엄마가 다이에게로 돌아서며 자애로운 눈으로 물었다.

"가족은 어떻게 지내고 있나요?"

다이는 무릎을 털썩 꿇었다. 엎드린 자세로 마룻바닥을 닦고 있는 아줌마와 눈높이가 맞을 정도였다.

"우리는 식량도 돈도 없습니다. 가족은 다 체념한 채

배를 곯으며 집에만 숨어 있습니다. 도와주세요. 우리는 모든 걸 잃었습니다."

훈 오빠가 역겨워하며 물었다.

"모든 걸 잃어? 백화점에서 빼돌린 값비싼 보석들은 다 어쩌고? 우리가 챙긴 건 고작 옷가지들이었다고."

다이가 부끄러워하며 고개를 떨구었다.

"하룻밤 새에 다 잃었어. 일본인이 곧바로 소련군의 표적이 된 걸 알잖아. 그들이 문을 부수고 집 안으로 쳐들어와서 모조리 빼앗아 갔어. 간신히 목숨만 건졌지."

훈 오빠가 코웃음을 쳤다.

"가련하네, 불쌍하기 그지없어. 우리가 어떻게 지내는지에는 일절 관심도 없더니만, 이제 와 뻔뻔하게 도움을 청해?"

환 오빠가 목소리를 높였다.

"다이를 내버려 둬, 훈! 인간미라곤 없는 놈. 어머니 아버지한테 대체 뭘 배운 거야?"

"어머니 아버지는 우리의 모든 걸 앗아간 저 탐욕스러운 도둑놈을 이겨 내고 살아남아야 한다고 가르치셨어! 형은 저 자식을 왜 두둔하는데?"

엄마가 훈 오빠를 막아섰다.

"우리는 하나님의 자녀들이다. 도움이 필요한 이들에게 등을 돌리지 않아. 다이가 저지른 죄로 그 가족까지 벌을 받아서는 안 돼."

엄마는 방을 가로질러 가더니 서랍에서 돈뭉치를 꺼내 다이의 손에 쥐여 주었다.

충격에 빠진 훈 오빠가 믿기지 않는다는 얼굴로 소리를 질렀다.

"어머니! 어머니, 지금 제정신이세요?"

엄마가 훈 오빠에게 엄한 표정으로 말했다.

"그만하거라! 훈아, 언젠가 네 마음속 분노가 치유되면 너도 조선인만이 아니라 모든 사람을 포용할 수 있을 거다."

다이가 신사에서 참배를 드리는 사람처럼 엄마 앞에 허리를 숙여 절을 하며 아기처럼 엉엉 울기 시작했다.

"감사합니다, 감사합니다, 감사합니다……."

다이는 엎드려 절을 하고 또 했다. 나는 다 큰 어른이 어린아이처럼 우는 모습을 보고 있기가 힘이 들었다. 엄마가 다이의 고개를 들게 하고 눈을 바라보며 말했다.

"순수한 마음으로 당신의 삶을 사세요. 우리에게 감사는 그걸로 족합니다."

다이는 뺨 위로 흐르는 눈물을 닦고 바닥에서 몸을 일으켰다. 가려고 돌아서던 그가 잠시 머뭇거리더니 어깨 너머로 훈 오빠를 돌아보았다.

"그동안 너와 네 가족에게 저지른 일을 진심으로 사과한다. 예의와 존중을 갖춰야 마땅한데도 널 함부로 대했던 것 또한 사과한다. 훈, 넌 훌륭한 지배인이었고, 백선 백화점의 심장이자 영혼이었다."

평화로움을 가장한 하얀 눈발 아래, 검은 그림자로 변한 환 오빠와 다이가 나란히 집 밖으로 사라졌다.

7

참극

바닥에 피가 흥건히 고였고,
공기 중으로
죽음의 냄새가 퍼졌다.

훈 오빠는 다이를 집으로 데려온 환 오빠에게 분노했고, 자신이 힘들게 번 돈을 '더러운 일본 놈'에게 줘 버린 엄마에게 분노했다.

훈 오빠가 소리쳤다.

"어머니는 더럽고 악독한 일본 놈 하나 살리겠다고 우리 가족의 생계비를 줘 버린 거라고요."

엄마가 단호히 말했다.

"다이는 악한 자가 아냐. 생각이 그릇되었을 뿐이지."

"어머니, 어딜 가든 선과 악은 존재해요. 심지어 어머니의 그 고귀한 성서에도 그렇다고 나와 있다고요. 다이는 악독한 놈이에요. 아주머니 남편을 죽인 더러운 일본인 순사와 하등 다를 게 없다고요! 만약 처지가 바뀌었다면, 그 자식이 우리한테 동전 한 푼이라도 줄 것 같아요? 어림없어요! 저 혼자 잘살겠다고 우리한테 남은 쌀 한 톨까지 싹싹 긁어 갈 놈이라고요."

아줌마 남편이 일본인 순사 손에 죽임을 당했다고? 훈 오빠 말이 사실일까? 아줌마가 떨구고 있던 고개를 들었을 때 우리는 눈이 마주쳤다. 그 순간 나는 답을 알았다.

환 오빠가 고함을 쳤다.

"다이가 살인자는 아니잖아! 다이한테 벽을 세운 사람은 너야. 네가 다이에게 기회를 준 적 있어? 다이가 말을 걸지 않은 건 순전히 너 때문이야. 너는 세상이 온통 증오스럽지? 넌 사람 되긴 그른 녀석이야. 사고뭉치인 너한테 백화점 지배인 일을 맡겨 보자고 제안한 사람이 다이야. 너한테 지배인 자리를 준 사람은 나도 어머니도 아버지도 아니었다고. 네가 잘할지 걱정할 때 다이가 말했어. '훈에게 기회를 줘. 훈은 네 동생이잖아.' 그런 줄도 모르고 은혜를 원수로 갚아?"

엄마가 목소리를 높였다.

"환, 거짓말까지 하면서 다이를 두둔하지 말거라."

훈 오빠가 말했다.

"형, 형은 일본인들한테 완전히 세뇌당해서 눈이 멀었어. 다이는 실컷 깔볼 조선인을 하나 더 제 옆에 두고 싶어서 나를 택한 거야! 다이는 백화점에서 귀중품이란 귀중품은 다 빼내 간 자식이야. 거기다 뻔뻔스럽게 주머니에 돈을 한가득 챙겨서 여기서 나가는 걸 봤잖아. 적을 감싸고 도는 건 이제 그만해, 이 바보야."

"훈, 내가 전에도 백번은 말했지. 거울을 봐, 누가 바본지 알 테니까!"

"아니, 형이야말로 거울 좀 봐! 거울 속 조선인을 보면 고통스럽지? 하지만 그게 형이야. 아무리 부정해도 형은 절대 일본인이 될 수 없어!"

"그래, 그리고 넌 앞으로도 쭉 한심스러운 조선인으로 살 거고!"

지금은 걸핏하면 싸우는 두 오빠의 중재자가 없다. 엄마가 그 역할을 대신하려고 나섰다. 엄마는 더없이 침착한 목소리로 말했다.

"그만들 하거라. 너희 둘 다 거울을 보면 추한 자신들의 모습만 보게 될 게다."

훈 오빠는 자신과 다른 쌍둥이 형제와 엄마의 독실한 마음뿐만 아니라 이 세상에 넌더리가 난다며, 외투를 집어 들더니 밖으로 나갔다.

나는 오빠를 쫓아갔다.

"훈 오빠, 가지 마!"

오빠는 나의 간절한 부름을 무시한 채 마당을 나가 어둠 속으로 자취를 감추었다. 나는 달려가 대문을 열고 골목길 양쪽을 살폈다. 훈 오빠의 흔적은 어디에도 보이지 않았다. 막 대문 밖으로 나가려는데 환 오빠가 내 팔을 붙잡았다.

"가게 둬, 미옥아. 괜히 말썽만 생겨."

나는 환 오빠를 밀쳐냈다.

"오빠야말로 우리 가족의 말썽꾼이야!"

나는 화를 참지 못하고 흥분해서 외쳤다.

"오빠는 우리보다 일본 친구를 더 걱정하잖아! 어떻게 훈 오빠한테 그런 증오에 찬 말을 퍼부을 수 있어? 훈 오빠는 오빠 동생이야! 왜 동생을 그렇게 못살게 구는데?"

환 오빠가 최대한 침착하려고 노력하며 말했다.

"미옥아, 넌 어려서 아직 몰라. 내가 아니라 훈이야말로 가슴에 증오를 품고 사는 녀석이야. 자신의 실패한 삶을 다이와 일본인 탓으로 돌리잖아. 나는 현실을 받아들이고 주어진 상황에서 나대로 최선을 다하는 거야. 그걸 생존이라고 하는 거고."

"생존이라는 게 존엄 따윈 내팽개칠 수 있다는 생각으로 배신한 친구를 편드는 거라면 나는 차라리 죽을래!"

이번엔 환 오빠의 분노가 폭발할 차례였다.

"너도 훈이랑 똑같은 소리를 하네. 명분도 없고 진정한 투쟁심도 없으면서 자신을 애국자라고 생각만 하지!"

나는 지지 않고 환 오빠에게 맹비난을 퍼부었다.

"오빠, 난 자랑스러운 조선인이야. 조선인이라는 걸 부끄러워하는 오빠와는 달라! 그리고 훈 오빠한테 실패자라는 말하지 마. 훈 오빠가 아니었으면 백선 백화점은 진즉에 망했어. 오빠는 훈 오빠가 얼마나 열심히 일했고 얼마나 직원들을 위했는지 모르지? 모르겠지! 그걸 알 만큼 백화점에 있지도 않았으니까. 일본인 손님들까지도 훈 오빠를 좋아했어. 오빠가 그걸 어떻게 알겠어? 오빠는 일본인 시늉하며 사느라 바빴잖아. 근데 오빠는 일본인이 아니야. 환 오빠, 오빠는 조선인이야, 조선인! 내 말 알아들어?"

그때였다. 별안간 천둥처럼 하늘을 가르는 새된 비명이 들렸다. 고성이 오가던 우리의 싸움은 즉시 중단되었다. 나는 겁에 질려 서 있다가 살며시 대문 밖을 내다보았다. 뒤이어 무시무시한 폭력 장면들을 목격하고야 말았다. 내가 아는 세상을 무너뜨리는, 내 눈과 마음을 어지럽힌 광경이었다.

소련군 병사가 권총으로 어떤 할머니의 머리를 후려쳤고, 무장한 동료 병사가 그 모습을 낄낄거리며 구경했다. 할머니의 손자로 보이는 사내아이가 겁에 질려 몸을 벌벌 떨며 우두커니 서 있었다. 병사가 할머니를 길 쪽으로 밀치더니 비틀거리는 몸뚱이를 발로 걷어찼다.

뒤이어 벌어진 상황은 한편에게는 신의 가호였지만, 다른 한편에게는 악몽이 되었다. 난데없이 나타난 군용 차량 한 대가 현장을 지켜보는가 싶더니, 차를 타고 있던 소련군 장교가 총을 들어 방아쇠를 당겼다. 섬광이 번쩍이고 총알이 난무하면서 병사들이 쓰러졌고, 그중 하나가 할머의 몸 위로 털썩 고꾸라졌다. 바닥에 피가 흥건히 고였고, 공기 중으로 죽음의 냄새가 퍼졌다. 허공으로 사라지는 희뿌연 수증기처럼 군용차는 자취를 감추었다.

"꼼짝 말고 있어."

환 오빠가 나에게 주의를 주고는 거리로 달려 나갔다. 그런데 그곳에는 벌써 다른 사람이 나타나 벌벌 떨고 있는 할머니에게서 죽은 병사를 걷어치우고, 외투를 벗어 어깨에 둘러 주고 있었다.

훈 오빠. 나의 자랑.

눈발이 흩날리는 가로등 불빛 아래에 환 오빠와 훈 오빠가 진정한 형제가 되어 서 있었다. 두 사람은 동지처럼 함께 할머니를 일으켜 세웠고, 할머니와 손자를 데리고 어둠 속으로 사라졌다.

이튿날 아침, 병사들의 시신은 사라지고 없었다. 하지만 그들이 흘린 피는 공포의 상징처럼 길거리에 그대로 남아 사람들을 두려움에 떨게 했다. 동네 사람들 사이에는 남쪽으로 탈출해야 한다는 이야기들이 암암리에 돌고 있었다. 남한은 소련 같은 공산 국가의 반대편에서 사람들의 자유와 권리를 수호하는 미군이 주둔해 있다고 했다. 하지만 남한으로 가려면 소련군이 지키고 있는 경계 지역을 넘어가야 한다. 그야말로 위험천만한 여정이었다.

나는 혼란스러웠다.

누가 우리의 동맹일까? 누가 우리의 적일까?

어디에도 답은 없었다.

입에 담고 싶지 않은 끔찍한 간밤의 사건이 신의주 거리에 피와 죽음을 불러왔지만, 그 일로 오빠들의 반목과 불화는 막을 내렸다. 둘의 험악한 싸움은 과거 일이 되었다. 두 사람은 이란성 쌍둥이이자 영원한 형제였다.

이제 환 오빠와 훈 오빠는 함께 신의주를 빠져나가기 위한 계획을 세웠다.

훈 오빠가 엄마에게 말했다.

"남쪽으로 가야 해요. 신조차 버린 이 지옥 불구덩이에서는 할 수 있는 일이 없어요. 남은 건 파멸뿐이라고요."

환 오빠도 거들었다.

"벌써 서울에 정착한 사람들이 많다고 들었어요. 미국이 우리나라 사람들의 권리를 지켜 주고 있다고요."

엄마는 체념한 듯 고개를 끄덕였다.

"탈출하려면 먼저 길잡이를 구해야 한다. 내 생각에도 너희 셋이 신의주에 있는 건 너무 위험해."

환 오빠가 말했다.

"어머니, 어머니도 같이 가셔야 해요."

"아니, 나는 여기 남을 거야. 대신 서울에 가면 너희는 아버지를 만나게 될 거야."

훈 오빠가 어리둥절해서 물었다.

"무슨 말씀이세요? 아버지가 서울로 가셨나요? 어머니가 그걸 어떻게 아세요?"

"교회를 통해 소식을 보내오셨다. 병사들이 산속까지 쳐들어왔대. 천운이었어. 은신처가 급습당하기 며칠 전에 피신하셨던 모양이야. 아버지가 서울에서 너희를 기다리고 계신다."

환 오빠가 말했다.

"우리를 기다리고 있겠죠, 어머니까지요. 저희는 어머니만 두고 못 가요."

하지만 엄마는 고집을 굽히지 않았다.

"아이들만 두고 못 간다. 그 애들한테는 내가 필요해."

엄마의 말이 어이없고도 섭섭해서 나는 할 말을 잃었다. 그 아이들한테는 엄마가 필요하다고? 그럼, 엄마가 낳은 자식들은? 어떻게 우리만 보내려는 거지? 대체 엄마는 무슨 생각을 하는 걸까?

훈 오빠가 간절히 청했다.

"우리도 어머니가 필요해요. 아버지에게도 어머니가 계셔야 하고요."

"너희는 잘 지낼 거야. 아버지도 그렇고."

내가 목청을 높였다.

"아뇨, 엄마. 우리는 잘 지내지 못할 거예요."

엄마가 나를 보고 말했다.

"그렇지 않아. 넌 잘 지낼 거야, 미옥아. 오빠들이 잘 보살펴 줄 거다."

표정을 숨길 수는 있어도 진심은 감출 수 없다. 엄마는 우리보다 고아들을 더 사랑하는 거다. 어쩌면 난 벌써부터 그걸 알았고, 엄마를 조금만 지켜봐도 분명히 알게 되는 사실이다. 하지만 이 일만큼은 여느 일들과 같을 수 없었다. 고아들과 신의주에 남겠다니! 엄마의 결정에 가슴이 미어지는 것 같았다.

"엄마는 왜 우리보다 그 애들을 더 사랑하세요?"

엄마가 나에게 다가와서 대답했다.

"미옥아, 그렇지 않다는 거 너도 알잖니?"

나는 뒷걸음질하며 고개를 흔들었다.

"내 말이 틀렸다고요? 엄마의 진심이 뭐예요? 제발 제가 이해할 수 있게 말씀해 주세요."

내 당돌한 말에 엄마가 동요하는 기색이 역력했지만, 나는 개의치 않았다. 하지만 결국 이번에도 엄마는 나보다 부모 없는 아이들이 먼저였다.

"미옥아, 이게 진실이야."

엄마가 말했다.

"너는 복을 타고 태어났어. 네가 믿든 안 믿든 넘치게 사랑을 받으며 자랐지. 태어나면서부터 풍족했고 부족한 것 없이 살았어. 너는 배고픈 하루를 몰라."

"엄마가 틀렸어요. 학교에서 강제 노역을 하느라 나도 매일 같이 배가 고팠다고요. 엄마는 내 옆에 없어서 몰랐잖아요. 그 애들이랑 지내느라 바빴으니까."

엄마는 눈으로 이야기하는 사람이었고, 지금 그 눈은 딸에게 크게 실망했음을 말하고 있었다.

"미옥아, 엄마는 지금 가난한 아이들만이 아는 배고픔에 대해 말하는 거야. 육신과 영혼을 피폐하게 만드는 그런 굶주림 말이다. 네가 좋아하는 식당에서 따뜻한 우동을 먹느냐 마느냐의 문제가 아니야. 밥은커녕 간장을 탄 물한 그릇조차 간절한, 그런 굶주림을 말하는 거다. 내가 내 자식들보다 그 애들을 먼저 생각했다면, 서울로 보내는 건 네가 아니라 그 애들이었을 거야."

그저 말뿐인 말들. 나는 믿지 않았다. 엄마는 왜 고아들과 그들의 불행으로 나를 벌주려고 하는 걸까?

"엄마, 밤에 잠자리에 들 때 엄마는 제일 먼저 누구를 위해 기도하세요? 우리예요, 그 애들이에요?"

"미옥아, 너도 버려진 아이들을 네 눈으로 봤잖아. 도움을 주는 몇몇 손길 말고는 세상에 가진 게 아무것도 없는 아이들이야. 이기심에 눈이 멀어서는 안 돼."

그렇다, 나도 그들을 보았다. 강제노동에 시달리는 송호와 염색 공장의 아이들을 보았고, 거리에서 폭행당하는 노인을 보았으며 즉결 처형당하는 소련군 병사들과 그들이 흘린 흥건한 피도 보았다. 세상에서 일어나는 비극은 보고 또 봐도 아프고 또 아팠다. 불우한 이들을 향한 엄마의 헌신은 존경한다. 그러나 자신의 소명을 위해 가족을 희생시키겠다는 엄마의 선택은 결코 인정할 수 없었다.

"엄마가 세상을 구할 수는 없어요. 그러니까 너무 애쓰지 마시라고요."

"내 마음은 이미 정했다."

엄마가 단호하게 말했다.

"정치적으로 안정되면 너희는 고향으로 돌아오게 될 거야. 그럼 우린 다시 만날 수 있어."

엄마는 응접실을 나가 안방으로 들어갔다.

오빠들이 나를 위로했다.

"우리가 클 때도 다르지 않았어, 미옥아. 선교 활동 때문에 어머니와 아버지가 몇 주 동안이나 집을 비울 때도 있었고. 적어도 네가 태어났을 땐 선교한다며 신의주를 떠나지는 않으셨잖아. 어머니와 아버지는 우리를 부족함 없이 키워 주셨지만, 모성과 부성은 부족해. 그건 모두가 아는 사실이야."

훈 오빠가 말했다.

"그게 사실이라고는 볼 수 없어. 우리가 아주 어렸을 땐 우리를 등에 업고 다른 선교사들과 함께 중국을 사방팔방 걸어 다니신 분들이야. 학교 갈 나이가 되면서부터 아주머니하고 집에 남아 있었지. 가엾은 아주머니."

환 오빠도 말을 보탰다.

"미옥아, 이것도 알아야 해. 어머니에게는 신앙이 그

무엇보다 중요해. 어머니 친척 아무나 붙잡고 물어봐. 똑같이 말할걸. 어머니는 여자 예수라고."

"그런 어머니 마음이 한 가족, 한 나라 사람에서 머물지 않는 거지. 어머니의 가치관으로 보면 우리는 그 속에 있는 하나의 작은 가족일 뿐이야. 어머니가 피 같은 우리 돈을 왜 다이에게 줬을 것 같아?"

훈 오빠의 목소리에는 원망의 기운이 서려 있었다.

내가 속상해하며 말했다.

"난 그냥 엄마가 우리하고 같이 갔으면 좋겠어. 서울에도 엄마 도움이 필요한 아이들은 많을 거야."

환 오빠가 다시 한번 말했다.

"그냥 포기해, 미옥아."

아니! 절대, 순순히 엄마를 두고 가지 않을 작정이었다. 답답한 마음에 환 오빠와 훈 오빠의 말을 무시하고 엄마와 끝까지 부딪쳐 보기 위해 안방으로 들어갔다. 엄마는 벽장 속 금고 앞에 무릎을 꿇고 앉아서 가방을 꺼내고 있었다. 석하에서 신의주행 열차에 오르기 전, 아빠가 엄마에게 맡겼던 가죽 가방이었다. 그런 엄마의 모습이 마치 작디작은 아이처럼 보였다. 울컥했지만 눈물을 꾹 참았다. 엄마가 가방을 열자 귀중품이 모습을 드러냈다. 보석, 비단, 금화……. 하지만 정작 내 눈을 사로잡은 것은 금고 깊숙한 곳에서 끄집어낸, 은 걸쇠가 채워진 세모 꼴의 나무함이었다.

내가 물었다.

“엄마, 그건 뭐예요?”

엄마가 조심스럽게 나무함 뚜껑을 열었다. 엄마의 작고 가냘픈 손이 상자 속에 겹겹이 접혀 있던 하얀 천을 펼쳐서 들어 올렸다. 중앙에는 빨간색과 파란색 원이 있고, 네 귀퉁이에는 검은색 막대가 그려져 있었는데 어떤 것은 반으로 나뉘었고 어떤 것은 온전한 것들이었다.

말을 꺼내는 것조차 금기라는 듯 엄마가 나지막이 속삭였다.

“태극기다.”

내가 조그맣게 말했다.

“우리에게도 국기가 있는 줄은 몰랐어요.”

“미옥아, 지금은 네가 모르거나 이해하지 못하는 것들이 많아. 너는 앞으로도 많은 걸 배우고 알게 되면서 성장할 거야. 시간이 필요해.”

"하지만 엄마, 엄마가 이런 걸 꼭꼭 감추는데 내가 어떻게 알 수가 있어요? 우리에게도 국기가 있다는 걸 진작 알려 주셨어야죠."

"태극기를 가지고 있는 건 법으로 금지되어 있었어. 이건 너희 할아버지 태극기야. 우리 가족에겐 신성한 물건이지. 아빠와 엄마가 태극기를 보여 주지 않은 건 너를 지키기 위해서였어. 지금 내가 너를 지키기 위해 서울로 보내는 것과 똑같이."

엄마의 말처럼 우리 국기는 수십 년 전에 우리나라에서 강제로 사라져서 어디에서도 볼 수 없었다. 대신 일본 국기가 그 자리를 차지했다. 하얀색 바탕에 커다란 붉은 원이 그려진 히노마루, 소학교 여기저기 내걸린 바로 그 일장기였다.

내가 말했다.

"태극기가 참 아름다워요. 여기 그려진 문양에는 무슨 뜻이 있어요?"

"하얀색 바탕은 평화와 순수를 상징해. 빨갛고 파란 태극 문양은 빛과 어둠, 뜨거움과 차가움, 남자와 여자처럼 서로 반대되는 음과 양의 조화로 생명을 만들고 성장시키는 우주의 기운을 상징하고. 동양의 오랜 세계관이지."

"환 오빠와 훈 오빠처럼요."

엄마가 빙그레 웃었다.

"맞아, 네 오빠들처럼."

"네 귀퉁이에 있는 검은색 막대들은요?"

엄마가 왼쪽 위와 오른쪽 아래를 손으로 가리켰다.

"4괘라고 해. 여기가 하늘과 땅."

이번에는 오른쪽 위와 왼쪽 아래를 가리키며 말했다.

"여기는 불과 물. 마주 보는 괘들은 반대되는 기운으로 배치되어 있어."

밤과 낮. 천국과 지옥. 선과 악. 사랑과 증오. 부자와 빈자. 나는 고아들과 함께 신의주에 남겠다는 엄마의 결정을 받아들일 수밖에 없었다. 안타깝고도 애끓는 심정이었지만, 자연과 인간에게 작용하는 우주의 힘과 맞설 수는 없는 노릇이었다.

엄마는 조심스럽게 태극기를 접어 다시 나무함 속에 넣고 걸쇠를 채웠다. 나무함을 금고의 검은 칸 속으로 깊숙이 밀어 넣고 갖가지 물건들로 그 평화와 조화의 상징을 숨겼다. 아빠의 사진이 담긴 대나무 액자, 구슬 장식이 달린 공단 지갑, 아기 고무신 한 켤레. 엄마는 다시금 가방으로 주의를 기울였다. 가방 속 물건들을 두고 고민을 거듭하는 눈치였다. 손끝으로 진주 같은 보석을 만져 보고, 비단을 쓰다듬고 금화를 세었다.

엄마가 말했다.

"외할머니가 엄마에게 물려주신 거야. 할머니가 시집올 때 혼수로 가져온 것들이지. 나에게 물려주셨고, 네가 시집갈 때 혼수로 물려 주려 했는데 지금 너에게 주는 거야. 당분간 네 오빠들이 보관하겠지만, 남쪽으로 갈 때는 네가 이것들을 챙겨야 해. 목숨이 걸린 일이 아니면 절대 내줘선 안 된다."

나는 두려움에 휩싸이면서도 깊은 사랑과 한없는 슬픔으로 벅차오르는 감정을 주체할 수 없었다.

내가 울먹였다.

"엄마……."

엄마가 말했다.

"미옥아, 제발 울지 말거라. 너는 엄마를 위해서 용감해져야 한다. 지금까지보다 더 용감해져야 해. 엄마 말 알겠지?"

8

안녕, 엄마

엄마가 나를 껴안고
가쁜 숨을 쉬며 달랬다.
엄마의 심장이 죽어 가는
비둘기처럼 팔딱였다.

2월은 춥고도 고요했고, 한밤중의 석하산만큼이나 적막했다. 밤에는 소련군조차 시베리아 같은 추위를 피해 따뜻한 곳으로 찾아들었다. 석하산에서는 머리 위로 별들이 어찌나 크게 빛나는지 손만 대면 닿을 것 같았다. 아니, 그렇다고 믿고 싶었다. 신의주에서는 희망도 없이, 별도 없이, 꿈조차 꿀 수 없는 깊은 잠과도 같은 적막을 견뎌야 했다. 그리고 난 아빠를 몹시 그리워했다. 그러면서도 분노에서부터 버려졌다는 슬픔까지 치닫는 오만 가지 감정에 휩싸이곤 했다. 너무나 느닷없이 아빠가 우리 곁을 떠나는 바람에 그것으로 빚어진 결과를 납득하고 말고 할 겨를이 없다. 아빠는 우리를 떠나는 게 우리를 지키는 일이라고 했었다. 그런데 이제는 의문이 들었다. 신의주에서는 약탈과 폭행과 살인이 몇 달째 계속되고 있었다. 어차피 그 누구도 안전할 수 없었다. 신의주에 어떤 일들이 벌어질지 아빠가 과연 몰랐을까? 자신을 신저항군이라고 부르는 젊은이들을 소탕하려는 소련군의 십자포화 속에 우리는 갇혀 버렸다. 이런 곳에 우리를 남겨 두고, 어떻게 아빠 혼자 서울로 피신할 수가 있는 거지?

내가 훈 오빠에게 물었다.

"신저항군이라는 사람들은 누구야?"

"어리석은 십 대 사내아이들."

"왜 어리석어? 그들은 자유를 위해 싸우잖아."

"그들은 조직적으로 움직이는 저항 세력이 아니야. 섣부른 행동은 폭력을 불러올 뿐이라고."

"평화 행진을 한다잖아?"

"안타깝지만 그 애들은 죄다 감옥행이거나 더 심하게는 모조리 죽임을 당하고 말 거야."

오빠 말이 옳았다.

어느 날 아침, 발을 구르며 타도의 구호를 외쳐 대는 목소리에 자다가 잠이 번쩍 깼다.

"우리나라를 떠나라! 우리나라를 떠나라! 공산당은 물러가라! 공산당은 물러가라!"[6]

이들의 말은 힘을 얻는 듯싶었지만, 아주 잠시였다. 그 뒤로 이어진 요란하고도 무차별한 총격에 나는 귀를 틀어막았다. 격렬한 섬광 속에 목소리들은 억눌리고 자유는 짓밟혔다. 뒤이어 들려오는 소리는 대학살을 목격한 이들의 울부짖음이었다. 그날 스물네 명의 십 대 소년들이 목숨을 잃었다. 강물처럼 흘러넘친 그들의 피는 평화를 바라는 그 어떤 희망도 처참히 꺾어 버렸다.

아빠는 신의주 거리에서 벌어진 학살을 알고 계실까? 훈 오빠 말대로 신조차 버린 지옥의 불구덩이 속에 놓인 우리의 운명에 애간장을 졸이며 우리가 남쪽으로 오기만을 기다리고 계신 건가? 북쪽에서 벌어지는 일은 생각도 하지 않고 서울에서의 새로운 생활에 익숙해진 건 아닐까? 엄마가 이곳에 남기로 했다는 사실을 알고는 계실까?

어느 저녁, 나는 훈 오빠와 대청에 앉아 밤하늘을 올

---

6 1945년 11월 23일 평안북도 신의주에서 중학교 학생들이 '공산당 타도'를 외치며 벌인 반소-반공 시위로 '신의주학생의거'라고도 한다.

려다보고 있었다. 우리의 입김이 하얗게 피어올랐다가 별들 사이로 사라졌다.

훈 오빠에게 내 서운한 마음을 털어놓았다.

"난 아빠가 우리를 까맣게 잊은 것 같아."

훈 오빠가 살짝 벌어진 앞니를 드러내며 피식 웃었다. 엄마는 훈 오빠의 벌어진 앞니가 행운의 상징이라고 말하곤 했다. 환 오빠의 긴 귓불은 평생 복을 불러오는 복귀라고도 했다. 엄마 말이 맞기를 바랐다.

훈 오빠가 나를 놀렸다.

"맞아, 꼬맹아. 우리의 의로운 아버지께서는 남쪽에서의 새로운 삶을 꿈꾸며 우리를 버리신 것 같아. 아마 지금쯤 젊고 고운 새 신부를 만났을 거고, 곧 있으면 아기도 태어날걸."

"나 놀리지 마!"

"네가 웃기는데 어떡하냐?"

웃음이 나왔다. 훈 오빠는 우울하기만 한 세상에서 작은 반짝임을 줄 수 있는 사람이었다. 우리나라에 전쟁이라는 암울한 그림자가 드리운 지금도 오빠는 특유의 농담으로 불안한 감정에 휩싸인 나에게 안도감을 주었다.

"그날 내가 왜 아빠와 헤어져서 신의주로 돌아왔는지 모르겠어. 우리가 아빠하고 같이 석하산에 있으면 왜 안 되는데? 산속에 같이 숨어 있었더라면 지금은 온 식구가 서울에 있을 거 아니야, 엄마까지. 안 그래?"

훈 오빠가 담담하게 말했다.

"그랬다 해도 어머니는 서울로 안 가셨을걸. 그리고 당시엔 아무도 앞날을 예상할 수 없었어. 목사들만 위험한 상황이었고, 조금만 버티면 해결되리라 생각했던 거지."

"하지만 오빠, 오빠가 추석 때 그 얘길 했었잖아."

"내가 뭘?"

"우리 민족끼리 전쟁을 할 거라고, 기억나?"

오빠가 멍하니 별들을 바라보며 어깨를 으쓱했다.

"나를 예언자라고 불러라, 꼬맹아."

또다시 겨울 폭풍이 신의주를 휩쓸고 지나갔다. 얼음 조각상 같은 나뭇가지들이 햇빛에 반짝이며 완벽한 눈 세상을 만들어 냈다.

아빠만 곁에 있다면 좋을 텐데…….

추운 겨울을 나기 위해 한밤중에 우리 집 앞에 찾아오

는 손님들은 끊이지 않았다. 덕분에 장사는 잘되었다. 우리 집만큼 질 좋은 백화점 겨울옷을 싼값에 파는 곳은 어디에도 없었다. 서랍은 다시 돈뭉치로 채워졌고, 덕분에 그럭저럭 생활을 꾸려 나갈 수 있었다.

어느 늦은 저녁, 승복 차림의 낯선 남자가 집 앞에 나타났다. 외투나 장갑을 사러 오는 지인들과는 느낌부터가 달랐다. 오빠들보다는 나이가 많아 보였지만 아빠보다는 젊었다. 절에 있어야 자연스러울 것 같은 스님이 우리 집 응접실에 앉아 있는 것이 영 어색했다. 사실 그는 서울로 가는 일정을 논의하려고 온 남자였다. 훈 오빠 말로는 우리의 길잡이가 되어 줄 사람이고, 38선을 넘는 안전한 경로를 알려 주는 대가로 그에게 큰돈을 지불했다고 한다.

훈 오빠가 말했다.

"소련군과 동맹을 맺은 조선인들이 조국을 미국으로부터 지켜야 한다며 무장을 하고 줄줄이 서서 38선을 감시하고 있어. 남쪽으로 가려면 어쨌든 그곳을 건너가야 하는데, 그러려면 길잡이의 도움을 받아야 해."

건너가다.

이중적인 의미가 담긴 말이었다. 한쪽은 자유, 한쪽은

죽음. 어느 경로를 택하느냐에 따라 달라진다.

길잡이로 온 남자가 말했다.

"전에는 38선을 따라 비교적 수월하게 건널 수 있는 지역들이 많았소. 한데 지금은 소련군과 손을 잡은 이쪽의 애국 청년들이 많아져서 전 지역이 무장한 병사들로 빠르게 갖춰지고 있소. 건너가다가 죽는 사람이 많다고들 하더이다."

엄마는 식전 기도를 올릴 때와 똑같이 두 손을 맞잡고 조용히 앉아 있었다. 두통에 시달릴 때의 얼굴이었다. 세상 무게를 혼자 짊어진 사람처럼 작은 어깨에는 걱정이 가득했다.

훈 오빠가 말했다.

"우리는 그런 위험한 경로를 피하려고 선생께 돈을 드렸습니다. 안전한 경로가 있습니까, 없습니까?"

남자가 담배에 불을 붙였다. 가죽처럼 뻣뻣한 남자의 얼굴과 손에 깊게 팬 주름살이 성냥 불빛에 더욱 두드러져 보였다. 소위 길잡이라는 이 남자는 그 지역에서 땅을 일구고 산 농사꾼이겠다는 생각이 들었다. 그렇다면 그곳의 지리와 산길을 속속들이 꿰고 있을 것이다.

남자가 물었다.

"안전한 경로가 있다고 누가 그럽디까? 나는 경계선을 조사하고 당신들에게 남한으로 들어가는 경로를 알려 주는 대가로 돈을 받은 것뿐이오. 돈으로 안전을 살 수 있다고 생각한다면 당신들은 순진한 거요. 이제 그런 것이란 없소이다."

환 오빠는 게슴츠레한 눈으로 창밖을 내다보았다. 백선 백화점을 잃은 뒤부터 오빠는 술을 마시기 시작했다. 그것도 아주 많이. 늦은 밤이면 방 안에서 흘러간 일본 가요를 흥얼거리는 노랫소리가 새어 나왔다. 술에 취해 흐트러진 모습은 낯선 사람처럼 보이기도 했다. 시간이 지나면 오빠는 진짜 자기 모습을 인정하고 받아들일까? 한때 귀족 같은 풍모를 풍기며 늘 당당하던 청년이 어깨를 웅크리고 고개를 숙인 채 걷는 모습을 지켜보기란 무척이나 괴로운 일이었다.

훈 오빠가 나에게 말했다.

"형이 손만 대면 황금으로 변하던 시절이 있었지. 이제는 아무도 자신을 추앙하지 않는 세상에서 형은 어찌할 바를 모르고 있어. 좋아지내던 일본인 친구들까지 인사도 없이 본국으로 돌아갔으니까. 버림받았다고 생각하는 거지.”

마법과 꿈이 없는 세상. 환 오빠를 지켜보는 엄마의 마음은 어떨까? 화려하고도 우아하게, 바람처럼 왔다가 사라져 버리곤 했던 위풍당당한 아들이었다. 지금의 환 오빠를 보면서 얼마나 가슴이 미어지실까?

훈 오빠가 나에게 말했다.

“어머니는 고통과 실망을 구분할 줄 아는 분이셔. 그렇지 않으면 긴긴 세월 어떻게 이런 나를 참아 주셨을까?”

엄마가 길잡이를 향해 물었다.

“우리한테 해 줄 수 있는 건 뭐죠?”

남자가 입술 사이에 담배를 문 채 겉옷 안주머니에서 지도 한 장을 꺼내더니 바닥에 펼쳤다. 우리는 보일 듯 말 듯 희미한 길을 더듬는 남자의 손가락을 눈으로 따라갔다.

“자세한 것은 이 지도상에 다 나와 있소이다. 간단히 말해서 당신들은 평양까지 열차로 이동한 다음 거기서 승합차로 바꿔 타고 시골로 갈 거요. 그곳에 다다르면 10여 킬로 남짓한 산길을 가야 하오. 도착한 곳에서 강을 건너면 되오. 미리 말해 두지만, 사방이 적이오. 열차, 산길 그리고 38선. 지금이 자유를 찾아갈 마지막 기회일 듯하오. 지체할수록 위험은 더 커질 거요."

훈 오빠가 성을 내며 말했다.

"이런 혹독한 추위에 어떻게 강을 건넌단 말입니까? 아니, 강에 도착하기 전에 산에서 죽고 말 겁니다."

남자가 눈을 부릅뜨며 말했다.

"지금부터 탈북 준비를 하란 말이오. 언제든 떠날 수 있게 채비해 놓고, 눈이 녹자마자 너무 늦기 전에 이곳을 떠나야 하오."

남자가 떠나고 엄마는 기도를 읊조리며 쌀과자, 어포, 말린 과일을 주섬주섬 챙겨 배낭 속에 담았다. 우리는 그런 엄마를 참담한 심정으로 지켜보았다.

정신이 번쩍 든 환 오빠가 심각하게 말했다.

"어머니, 제발! 우리 오늘 밤에 어디 안 가요."

엄마가 말했다.

"아까 그분 말씀 들었잖니? 언제든 떠날 수 있게 준비해 둬야 해."

그날 밤에 아줌마가 나에게 꼭 필요한 물건만 챙기라

고 당부했다.

"갈아입을 옷, 여분의 신발, 담요 하나. 다른 건 전부 서울에 가서 사면 된다셨어."

다 살 수 있을지라도, 내 한가위 보름달만은 예외였다. 나는 내 달을 배낭 속에 조심스럽게 접어 넣었다.

아줌마가 나에게 일러 주었다.

"비단 복주머니도 챙길 거지?"

물론이었다. 석하산을 기억할 수 있는 소중한 복주머니를 어떻게 잊을 수 있을까? 주머니에는 석하산에서 주운 반짝이는 조약돌이 가득 들어 있었다. 그나저나 나의 유모이자, 나의 벗인 아줌마 없이 나는 어떻게 하나? 아줌마가 나와 함께 가지 않으리란 건 너무나 자명한데. 온통 비극으로 가득한 세상이라 해도 아줌마 삶의 터전은 여기, 이곳이었으므로. 하지만 어리석게도 난 묻고 말았다.

"아줌마, 저하고 같이 서울로 가실 거죠?"

아줌마가 대답했다.

"나는 여기에 있을 거야. 부모 없는 아이들 곁에 너희 엄마가 있어야 하듯이, 너희 엄마 곁에는 내가 있어야 해."

그렇다, 엄마한테는 아줌마의 보살핌이 필요하다. 우

리 모두 아줌마의 보살핌으로 안락하게 살았다. 아줌마는 늘 묵묵히 우리 뒤에 계셨지만, 어느 날이고 손자가 문간에 나타나 주길 기다리고 있다는 것 또한 우리는 잘 알고 있었다. 손자는 아줌마를 가족과 이어 주는 유일한 끈이었다. 우리 가족에게 아줌마는 반석과도 같은 존재였지만, 자신의 이야기는 입 밖으로 낼 줄조차 모르는 겸손한 일꾼이었다. 오래도록 우리 모두를 돌봐 준 분인데, 우리는 아줌마의 말 없는 슬픔을 덜어 줄 수 없었다.

"아줌마?"

"그래, 미옥아."

"아줌마 남편분이 일본 순사한테 죽임을 당했다는 게 사실이에요?"

"그래, 사건이 있었어."

"무슨 일이 있었어요?"

"일본이 막 나라를 점령했을 때였어. 남편과 나는 젊은 부부였고, 동네 찻집에서 즐거운 한때를 보내고 있었단다. 그날은 찻집에서 남자 손님들에게 공짜로 막걸리를 주더구나. 남편이 술을 마다할 리가 없었지. 주는 대로 받아 마시다가 그만 주량을 넘겨 버렸어. 참나!"

아줌마는 새색시처럼 볼이 빨개져서는 큭큭 웃었다.

"많이 마셨대 봤자, 실은 몇 잔 되지도 않아. 우리가 찻집을 나섰을 땐 시간이 많이 늦었고, 남편은 집으로 가는 내내 비틀비틀 걸으며 낄낄 웃고 노래를 불러 댔지. 그때 딱 일본 순사 둘이 우리를 막아서더구나. 길에서 심문당할 때마다 고분고분 대답만 잘하던 양반이 그날따라 꼭 훈이처럼 대거리를 하지 뭐냐."

"세상에."

내가 놀라서 말했다.

"그러게, 세상에. 당장이라도 싸울 듯이 말이다. 그러다가 순사 하나한테 주먹을 휘둘렀는데……."

아줌마가 한숨을 내쉬었다.

"아저씨를 죽였어요?"

"바로 내 눈앞에서. 남편을 바닥에 내동댕이치고 발길질을 퍼붓더구나. 제발 살려 달라고 애원했지만 소용없었어……. 그 양반, 왜 순순히 대답하지 않았을까? 막걸리 하나로 바뀐 세월이 무척 길구나."

아줌마가 다시 한숨을 쉬었다.

"어떻게 그래요, 아줌마. 어떻게 그래요?"

"남편이 그렇게 떠나고 몇 주 뒤에야 딸을 임신했다는 걸 알았지."

"그럼, 아줌마 혼자 딸을 키우신 거예요?"

"그렇지는 않아. 그길로 곧장 친정으로 갔고, 거기에서 내 딸은 풍족하게 자랐어. 나 혼자였으면 절대 그렇게 못 키웠을 텐데. 하지만 그래도 아버지의 사랑을 대신할 수는 없더구나."

"지금 따님은 어디 계세요?"

"딸과 사위는 중국에서 선교사로 일하고 있단다. 벌써 일 년째 제 아들을 못 보고 있다만, 너희 엄마처럼 두 사람 다 신앙심으로 꿋꿋하게 살아가고 있지."

"그리우시겠어요."

"그립다마다."

아줌마와 작별은 슬펐지만, 석하산에서 내 곁을 지켜 주었듯이 이곳에서 아줌마가 엄마를 지켜 줄 것임을 알기에 그것으로 위안을 삼았다.

"아줌마가 보고 싶을 거예요."

"나도 보고 싶을 거야, 미옥아. 우리는 너희가 떠나게 될 그날을 생각하며 마음을 다잡는 데 이 소중한 시간을 써야 해. 우리 모두에게 무척 험난한 날들이 될 게다."

겨울의 혹독한 눈보라는 인간의 악랄함으로부터 우리를 지켜 주는 방패가 되어 주었고, 무차별적으로 벌어지는 폭력으로부터도 보호해 주었다. 겨울이 가고 봄이 찾아왔다. 노랗게 핀 개나리가 눈이 부시도록 신의주를 환히 밝혔지만, 긴 겨울잠에서 깨어난 소련군들은 말썽거리를 찾아서 거리를 배회했다. 이쪽에 있는 군인과 경찰들이 공산 정권을 세우겠다며 소련과 손잡았다. 이들을 지지하고 나선 청년들은 기관총을 든 괴물이 되기 전에는 어떤 사람들이었을까?

훈 오빠가 말했다.

"나랑 같이 길거리에서 막대로 고무공을 치고 놀았던 꼬마들이었어. 일본 놈들 때문에 한이 맺혀서 이방인이라면 치를 떠는 조선 남자로 자라났지. 나 역시 저들 중 하나가 될 수도 있었어, 꼬맹아. 다행히 나한테는 거리를 헤매고 다니는 골칫덩이 아들을 포기하지 않은 어머니와 아버지가 계셨잖아."

훈 오빠가 일본에 분노하는 반골 기질의 남자라는 건

분명했다. 하지만 오빠는 북조선 애국 청년과는 거리가 멀었다. 그들은 눈에 증오 가득한, 권력을 탐하는 냉혹한 살인자들로 악명이 높았다.

도자기 찻잔을 손에 쥔 엄마가 집게손가락으로 찻잔에 그려진 분홍 꽃을 따라 그리며 창밖을 내다보았다. 찻잔에서 연막처럼 김이 피어올랐지만, 엄마의 시선이 머무는 머나먼 그곳, 지금 이곳과 엄마의 생각이 데려간 그곳 사이의 거리까지 감추어 주지는 못했다. 안마당에는 어느새 활짝 핀 우아한 벚꽃들이 덧없는 아름다움을 뽐내며 모든 게 끝나 가고 있음을 일깨워 주고 있었다.

엄마가 나직이 말했다.

"너희는 오늘 밤 떠난다."

지난 두 달 동안 나는 아줌마의 충고를 충실히 따랐다. 이 순간을 위해 각오를 다지며, 오빠들과 남쪽으로 떠날 마음의 준비를 해야 한다고 다짐하고 또 다짐했다. 그러나 그 무엇으로도 오늘의 작별을 받아들이기란 불가능했다. 그 무엇으로도. 아빠와의 이별만으로도 충분히 괴로웠다. 짧은 헤어짐일 뿐이라고, 질서가 회복되면 곧 다시 만날 거라고 아빠는 나에게 말했다. 나는 아빠를 믿었다. 아빠가 떠나는 건 긴박한 상황에서 어쩔 수 없는 선택이라고, 잠시 몸을 피하는 것뿐이라고, 휘몰아치는 태풍이 먼바다로 빠져나가면 모든 게 제자리로 돌아오는 것과 다르지 않은 일이라고 애써 이해하려 했다. 하지만 신의주를 덮친 태풍은 도무지 움직일 줄을 몰랐고, 두텁게 드리워진 죽음의 먹구름은 걷히는 법이 없었다. 그리고 이제 난 엄마마저도 잃게 될 운명 앞에 놓였다.

엄마가 말했다.

"무슨 일이 있어도 오빠들 곁을 떠나지 말거라. 열차에 타면 아무하고도 말해선 안 돼. 탈출하려는 사람들을 잡는 첩자들이 곳곳에 있을 거야. 누가 뭘 물으면 평양에 사는 고모와 고모부를 뵈러 간다고 해라. 역에 마중 나와 있을 거라고 해."

나는 당황했다.

"그런데 엄마, 우리는 평양에 고모와 고모부를 만나러 간 적이 한 번도 없잖아요."

"미옥아, 잘 들어. 네가 평양역에서 만날 사람들은 진짜 고모와 고모부가 아니야. 하지만 열차에서 누가 물으면 그렇게 답하라는 거야. 알겠지?"

"네, 엄마."

"그 남자와 여자는 우리가 돈을 치른 길잡이야. 그 두 사람과 같이 있으면 심문은 피할 거다. 사업차 38선을 넘나드는 일이 많아서 그곳 경찰이나 군인들과는 안면이 있거든. 여자는 큼직한 금색 걸쇠가 달린 검은색 손가방을 들었을 거고, 남자는 회색 모자를 한쪽으로 기울여 쓰고 있을 거야. 지난해 겨울에 우리 집에 왔던 바로 그분이셔."

"그 스님이요?"

엄마가 고개를 끄덕였다.

"그래, 미옥아. 그런데 그분은 스님이 아니야. 여러 다른 신분으로 위장하고 다니는 거야. 의사, 사업가, 예술가 그리고 네가 본 대로 스님 행세를 하기도 해. 그분들이 너를 산기슭까지 데려다주고 도착하면 강으로 가는 지도를 줄 거야. 가장 근래에 만든 것으로. 거기서부터는 오빠들하고 셋이 가야 해. 어떻게든 강까지 가면 불빛들이 38선 너머로 너희를 안내해 줄 거야."

"불빛요?"

"남한의 자유 애국 동지들이 강 건너편에서 불빛을 비

추며 서 있을 거야. 자유를 향한 불빛이라고, 강을 건너 오는 사람들을 안전한 곳으로 이끌어 주는 거란다."

그날 저녁은 쌀쌀했지만, 공기 중에선 라일락과 백합, 인동초의 향긋한 꽃내음이 풍겼다. 꿈같은 시절의 추억이 장마로 불어난 강물처럼 물밀듯이 밀려왔다. 제2차 세계대전이 모든 걸 바꾸어 놓기 전, 너무 어리고 순진해서 보이는 게 다가 아님을 알지 못했던 그때 그 봄날들. 상점가에서의 오후, 훈 오빠와 나눠 먹던 매실차와 떡. 나는 그대로 눈을 감았다. 이 순간을 보내고 싶지 않았고, 작별 인사를 나누고 싶지 않았다. 내 마음과 달리 어느새 나는 대문 앞에서 떠날 채비를 하고 있었다. 사랑하는 집을 얼마나 떠나 있어야 하는 걸까. 나는 파랗게 어스름이 내린 하늘 아래 잘 보이지도 않는 집을 보고 또 돌아보며 돌멩이 하나, 나무 하나, 기왓장 하나까지도 기억하려고 안간힘을 썼다.

아줌마에게로 돌아섰다.

"안녕히 계세요, 나의 벗."

아줌마가 나를 와락 끌어안았다.

"편지 쓰마."

나는 아줌마를 봐주고 싶지 않았다.

다음은 엄마 차례였다. 엄마가 나를 끌어안고 물었다.

"평양에 누구를 만나러 왔다고?"

내가 뺨 위로 눈물을 줄줄 흘리며 답했다.

"우리는 평양에 고모와 고모부를 뵈러 왔어요."

엄마가 호주머니에 레몬 사탕을 넣어 주며 속삭였다.

"잘했다."

내가 훌쩍이며 엄마를 불렀다.

"엄마……."

"쉿……."

엄마가 나를 껴안고 가쁜 숨을 쉬며 달랬다. 엄마의 심장이 죽어 가는 비둘기처럼 팔딱였다.

9

남쪽으로

남자는 사복 차림으로
통로를 오가며 매서운 눈으로
승객 한 명 한 명을 주의 깊게 살폈다.

마치 1946년 그 봄밤에서 시간이 멈춘 듯, 내 마음 한 구석은 엄마와 아줌마에게 작별 인사를 하며 담 아래 서 있는 열다섯 소녀로 언제까지나 머물러 있을 것이다. 그러나 애끓는 헤어짐을 뒤로하고 담장 너머로 걸어 나간 그때가 바로 나에게는 해방의 순간이자 자유를 향한 첫걸음이기도 했다.

놀랍게도 신의주는 온화한 날씨를 즐기며 길거리 시장에서 과일과 채소, 신선한 생선과 통닭을 사는 사람들로 북적거렸다. 빵집과 식당 몇 곳이 다시 문을 열었다. 손님은 대부분 경찰과 소련군 장교들이었다. 민간인들은 이런 값비싼 음식을 살 돈도 없거니와 그들과 한 공간에 있느니 밤에 나와 달빛을 받으며 골목길로 다니는 쪽을 택했다. 사람들은 지쳐 있었다. 집 안에 틀어박혀 있는 것에도, 군인과 경찰과의 충돌을 피하려고 눈치를 보며 다니는 것에도, 끊임없는 공포 속에서 두려움에 떨며 사는 것에도. 엄마는 나에게 용감해지라고 당부했다. 부모님이 말씀해 주신 것처럼 우리 민족의 혼과 얼이 나를 용감한 사람으로 만들어 줄 거라고 나는 다짐하고 다짐했다. 어둠을 가르고, 산을 넘고 강을 건너 자유를 찾아 나갈 준비가 되었다.

우리는 익숙한 길을 따라 기차역으로 향했다. 학교에 다니며 몇 년을 오갔던 길이었다. 상점가에는 돌무더기가 된 건물의 잔해 옆으로 새 건물을 짓는 공사를 하고 있었다. 내 오랜 단골집들과 백선 백화점을 대신해 어떤 건물이 들어설지 나는 눈곱만큼도 궁금하지 않았다. 나는 오로지 나의 기억만을 간직하려고 얼굴을 돌려 공사장을 외면했다.

열차에 오르기 전, 환 오빠가 고개를 돌린 채 빠르게 막걸리를 한 모금 들이켜더니, 아무도 모르게 작은 술병을 웃옷 속에 쑤셔 넣었다. 비틀대는 오빠를 보고 있자니 마음이 아팠다. 아빠는 한때 훈 오빠를 길 잃은 형제라고 불렸지만, 아빠가 틀렸다. 우리가 남쪽을 향한 여정에서 살아 남는다면 환 오빠는 다시 본모습을 찾을 수 있을까? 예전처럼 당당하게 걸을 수 있을까?

나는 두 오빠 사이에 앉아 내 비단 복주머니를 손에 꽉 쥔 채 창밖만 내다보았다. 다른 승객과는 그 누구와도 눈을 맞추지 않으려고 했다. 누구라도 첩자일 것만 같은 의심이 들었다. 내 앞자리에 앉은 어린 사내아이조차 예외는 아니었다. 공기 중에 불안의 냄새가 감돌았고, 나는 우리와 같은 계획을 가진 승객이 많다는 것을 느낄 수 있었다. 자유를 빼앗고 우리를 인간 꼭두각시와 노예로 전락시키려는 폭정으로부터 탈출.

어젯밤 환 오빠가 포도주를 물처럼 마시며 말했다.

"임시인민위원회[7]가 소련에서 훈련받은 한 조선인의 주도로 구성됐어. 일본을 증오하는 자야. 소련군의 소좌[8]였다는 소문이 있어."

훈 오빠가 덧붙였다.

---

7 1946년 발족된 북한 최초의 중앙정권 기관으로, 1947년에 북조선인민위원회로 개칭되었다.

8 제2차 세계 대전 때까지 일본에서 '소령'을 이르던 말.

"그자는 쓸모없는 공산 게릴라일 뿐이야. 소련의 봉이지! 하도 오래전에 망명해서 조선말도 거의 못해."

오빠들이 하는 말을 완전히 이해할 수 없었지만, 우리가 이런 고초를 겪게 된 원인이 새로 정권을 잡은 지도자에게 있다는 건 알고 있었다.

평양까지는 열차로 두 시간도 채 안 되는 거리였다. 하지만 엄마가 미리 경고했던 대로 첩자가 확실해 보이는 남자를 발견한 후로는 남은 시간이 마치 서서히 목을 죄어 오는 죽음의 시간처럼 느껴졌다. 남자는 사복 차림으로 통로를 오가며 매서운 눈으로 승객 한 명 한 명을 주의 깊게 살폈다. 인간이 있는 곳에 악이 존재한다는 사실을 나는 몸소 배우는 중이었다.

비단 복주머니를 움켜쥐고, 이목을 끌지 않기를 바라며, 창밖에 시선을 고정한 채 유리에 비친 첩자의 모습을 눈으로 좇았다. 하지만 두 오빠 곁에 앉아서 눈에 띄지 않길 바라는 건 불가능한 일이었다. 백선 백화점에서 팔던 옷 중에서도 가장 수수한 걸 골라 입었는데도 환 오빠와 훈 오빠는 단연 돋보였다. 미남에다 훤칠한 키는 어디에서 누구와 함께 있어도 뭇남자들의 부러움과 질투를 샀다. 첩자로 보이는 남자가 우리 앞에 서서 시기와 의심에 찬 눈으로 오빠들을 노려봤다. 지금껏 그런 눈을 본 게 한두 번이 아니었다. 오빠들은 남자의 시선을 묵묵히 받아 냈다. 첩자라면 무기를 숨기고 있으리란 걸 오빠들은 잘 알고 있었다. 그렇다고는 해도 남자는 오빠들의 위엄에 함부로 대하지 못하는 듯 보였고, 남을 괴롭히길 좋아하는 비겁한 자들이 으레 그러하듯 자기보다 약한 사람을 찾아냈다.

남자가 나에게 물었다.

"너, 창밖을 보는 여자애. 그 주머니에 든 게 뭐지?"

여느 때 같았으면 이쯤에서 훈 오빠가 나서서 무례한 자를 혼쭐냈을 것이었다. 하지만 지금은 아니다. 우리 앞에 있는 이 남자는 살인 허가를 받은 정권의 첩자였기에, 섣불리 자극했다가는 우려하는 일이 벌어질 게 뻔했다.

나는 복주머니를 열고 색색깔의 조약돌을 꺼내 첩자가 볼 수 있게 손바닥 위에 올렸다. 남자는 눈을 가늘게 뜨고 호기심과 감탄 어린 눈으로 조약돌을 쳐다보았다. 누가 보더라도 아름다운 조약돌이었다. 순간, 차갑고 야비한 남자의 눈에 인간적인 모습이 비친 것도 사실이었다.

내가 대답했다.

"석하산에서 주워 온 조약돌이에요. 하나 드릴까요?"

나는 숨을 죽인 채 남자를 향해 골라 보라며 손바닥을 내밀었다. 희미하지만 진심 어린 미소가 남자의 얼굴을 짧게 스치고 지나갔다. 그러나 남자는 마치 인간의 친절을 인정하는 게 무슨 반역 행위라도 되는 듯 이내 표정을 감추었다.

"즐겁게 여행하거라."

무거운 인사를 건네고 남자는 걸음을 옮겼다.

나는 참았던 숨을 천천히 내뱉었다.

열차는 마침내 평양역에 도착했다. 기차에서 내리자 엄마의 말대로 길잡이들이 우리를 기다리고 있었다. 큼직한 금색 걸쇠가 채워진 검은색 손가방을 든 여자와 회색 중절모를 삐딱하게 눌러쓴, 한결 말쑥해진 모습의 예의 승복 차림을 한 바로 그 남자였다. 우리는 이른바 우리의 고모와 고모부에게 다가가 가족처럼 포옹을 나누었다. 화려한 조명을 받으며 무대에 선 배우들처럼 우리는 각자 맡은 역할을 해냈다. 기차역을 배회하는 무장 경찰들 틈바구니에서 우리로서는 살면서 가장 위험한 역할을 연기하는 셈이었다.

'고모 부부'와 팔짱을 낀 채 우리는 역을 빠져나왔다. 어둡고 조용한 거리를 걸어 우리를 기다리는 승합차에 이르렀다. 남자가 훈 오빠에게 지도를 한 장 건넸다. 그러고는 감사나 작별의 인사를 할 새도 없이 두 사람은 마술에서처럼 홀연히 자취를 감추었다.

승합차는 우리와 같은 열차에 탔던 남자와 여자 그리고 아이들로 꽉 차서 빈자리를 찾기 어려웠다. 우리 셋은 말없이 바닥에 자리를 잡고 앉았다. 이 중에도 첩자가 있을지 모른다는 두려움에 서로 말을 걸거나 눈을 맞추는 사람은 한 명도 없었다.

어느덧 탈출을 위한 우리의 첫 여정이 성공적으로 마무리되었다.

자동차 시동이 켜지자, 나는 훈 오빠의 어깨에 머리를 기대고 눈을 감았다. 작은 차로 울퉁불퉁한 길을 달리는 데다 사람들에게서 나는 불쾌한 냄새 때문에 속이 울렁거렸다.

훈 오빠에게 속삭였다.

"토할 것 같아."

오빠가 나에게 말했다.

"사탕 하나 먹어."

맞다, 레몬 사탕! 비록 집에서 먼 곳에 있을지라도 나를 보살펴 주는 엄마의 사랑을 벌써 깨닫고 있었다. 주머니를 뒤져 사탕 하나를 꺼내 입속에 넣었다. 새콤달콤한 맛이 울렁거리는 속을 진정시켜 준 덕분에 남은 길을 그나마 견딜 수 있었다. 나는 또다시 송호가 떠올랐다. 송호는 어디에서 무엇을 하고 있을까. 부디 송호가 자신을 더 나은 삶으로 인도해 줄 좋은 사람을 만났기를 바랐다.

두 시간 뒤 목적지에 도착했다. 어딘지 모를 외딴 산골이었다. 사람들이 하나둘 차에서 내려 저마다의 길을 찾아 흩어졌다. 하지만 자유라는 목적지만큼은 같을 것이었다. 그러나 우리 앞에는 밤하늘보다 더 무서운 칠흑같고 음산한 귀신 같은 산줄기가 버티고 서 있었다. 새와 나비가 하늘을 날고 볕이 잘 드는 석하산의 오솔길과는 달리, 바위투성이의 이 길은 깎아지르는 듯한 낭떠러지와 미끄러운 돌들로 위험하기 짝이 없었다.

나는 오빠들에게로 돌아섰다. 긴장한 오빠들의 마음이 나에게까지 전해 왔다. 환 오빠는 술병에 든 술을 벌컥 벌컥 마셨고, 훈 오빠는 내 손을 꼭 붙잡았다. 어둠 속에서 두 사람은 나를 가파른 산 위로 안내하는 나침반이 되어 주었다. 훈 오빠가 앞장섰고 환 오빠는 내 뒤에 있었다. 나는 환 오빠가 걱정되어서 잘 따라오는지 확인하려고 자꾸만 뒤돌아보았다.

환 오빠가 말했다.

"그만 돌아봐, 미옥아. 걱정하지 마. 나 여기 있어."

하지만 내 마음은 어느새 환 오빠와 산을 넘어, 아름다웠던 신의주로, 행복했던 시절로, 우리의 세상이 연기 속으로 사라져 버리기 전 평화로운 그때로 나를 데려가고 있었다. 잊을 수 없는 추억들이 떠올라 걸음이 느려졌다. 영업이 끝난 백선 백화점에 들어가 호화로운 장신구를 걸쳐보던 기억, 석하산에서 별을 헤아리던 기억, 강제 노역이란 지옥으로 들어가기 전 급우들과 즐겁게 뛰놀던 학창 시절, 해 질 녘 압록강에서 얼음을 지치던 시간, 진한 울림을 주는 아빠의 설교와 엄마의 기도, 한결같이 그 자리를 지켜주신 아줌마, 환 오빠의 자신만만한 미소, 훈 오빠의 세상을 향한 날카로운 농담들…….

이 많은 추억이 차가운 검은 산으로부터 나를 보호해

줄 거라고 생각하던 바로 그때! 천둥 같은 총소리가 모든 희망을 산산이 부서뜨렸다. 화들짝 놀란 새들이 떼 지어 하늘로 날아올랐고, 나는 얼결에 잡고 있던 오빠 손을 놓쳤다. 총알이 마구 날아와 나무 사이를 뚫고 지나갔다. 우리는 온몸이 마비되어 숨죽인 채 바닥에 주저앉았다. 침묵이 이어졌다. 피와 죽음을 예견하는 기이한 침묵이었지만, 죽도록 내달리라는 신호이기도 했다. 다리에 쥐가 나고 폐가 타 버릴 것처럼 아플 때까지 나는 빠르게, 더 빠르게 도망쳤다. 그러다 그만 주룩 미끄러지면서 바닥으로 굴렀다. 환 오빠가 나를 일으켜 세웠다. 무릎에서 피가 흘렀지만 멈추지 않았다. 산에서 죽고 싶지 않았다. 하지만 아무리 달려도 번개처럼 빠르게 앞서 나가는 훈 오빠를 따라잡을 수 없었다.

환 오빠가 나직이 외쳤다.

"좀 천천히 가!"

훈 오빠가 조용히 받아쳤다.

"천천히 못 가. 새벽이 오기 전에 강에 도착해야 해! 경비대 몰래 강을 건널 유일한 기회야."

나는 한 번의 투정 없이 터덜터덜 걸음을 옮겼다. 빰

위로 고통의 눈물이 흘러내렸다. 돌부리에 걸려 피투성이가 된 무릎으로 다시 넘어졌을 때조차 나는 아무 소리도 내지 않았다. 그러다 더는 견딜 수 없는 한계에 이르렀다. 훈 오빠는 자유를 찾아 마음껏 떠나라고 하고, 난 차라리 산짐승들 먹이가 되는 게 나을 것 같다는 생각마저 들었다. 단 한 발짝도 움직일 수 없었다.

"거기 서, 훈!"

이번엔 환 오빠가 큰 소리로 외쳤다. 누가 듣건 말건 개의치 않았고, 그건 나 역시 마찬가지였다.

머뭇거리던 훈 오빠가 몸을 돌렸다. 나는 훈 오빠가 무슨 생각을 하는지 잘 알았다. 단 몇 분 차이로 자유를 잃고 얻는 건 물론이고, 생사가 갈릴 수 있다는 걸 알기에 망설이고 있었다. 그러나 오빠는 선택을 했고, 우리에게로 달려왔다.

오빠가 말했다.

"15분이야. 우리가 쓸 수 있는 시간은 그게 전부야. 미옥아, 넌 운동 신경을 타고난 잘 달리는 아이야. 젖 먹던 힘까지 남김없이 발휘해야만 해. 마지막 힘을 다 쏟아서 38선을 넘어야 한다고."

어쩌면 난 훈 오빠만큼 자유가 간절하지 않았는지도 모르겠다. 그저 매복해 있던 경비대가 우리를 내 기억 속 신의주로 되돌려 보내는 장면만을 마음속으로 그리고 있었다. 그곳에선 백선 백화점의 네온사인이 사랑하는 우리의 도시로 가는 관문을 여전히 환하게 밝히고 있었다. 그러나 이내 멀리서 들려오는 총소리가 죽음과 파멸의 세상으로 다시 나를 데려오고야 말았다.

환 오빠가 담요를 펼치며 앉을 자리를 마련했다. 신선한 산 공기에 술이 깨고 있는 것 같았다. 아니, 어쩌면 술병에 든 막걸리가 마침내 바닥을 드러낸 건지도 모르겠다. 어느 쪽이든 나는 안심했다. 훈 오빠가 우리에게 아줌마와 내가 전날 만든 약과를 두 개씩 나눠 주었다. 지난 추석이 너무나 그리웠다. 아줌마와 반죽을 밀던 석하산에서의 그 때가 새록새록 생각났다. 지금도 약과를 튀길 때 풍기는 천국 같은 기름 냄새가 코끝을 맴도는 것만 같았다. 지금도 약과를 한 입 베어 물 때 환해지던 엄마의 눈이 선했다.

달빛 아래에서 훈 오빠가 양말 속에 넣어 둔 작은 지도를 꺼내 우리가 가야 할 경로를 꼼꼼히 살폈다.

"강까지 대략 6킬로 남짓이야. 지금 몇 시지?"

놀랍게도 환 오빠가 아빠의 수수한 회중시계를 꺼냈다. 절제된 장식의 시계는 아빠에게 잘 어울렸지만, 환 오빠에게는 아니었다. 시대가 변했다. 단순한 시간 그 이상의 것을 말해 주던 환 오빠의 호화로운 18캐럿 롤렉스 오이스터 손목시계는 어디로 사라졌을까? 훈 오빠는 환 오빠의 손목에서 그 시계를 훔쳐 간 범인이 다이 다카기라고 주장하겠지만, 소련군 병사의 팔에 걸려 있던 시계들을 본 나로서는 아리송할 따름이었다.

환 오빠가 말했다.

"자정을 막 지났어."

훈 오빠가 계산했다.

"지금까지 한 시간에 1킬로 반 남짓 걸은 셈이야. 이제 다시 움직여야 해."

내 지친 다리는 아직 그 어디로도 움직일 준비가 되어 있지 않았다. 꿀맛 같은 약과의 여운을 조금만 더 입술에서 느끼고 싶은 마음도 있었다. 너무 과한 바람이었을까?

"훈 오빠, 제발."

나는 간절히 부탁했다. 용감했던 마음은 사라지고 없었다.

나의 간청은 단번에 무시당했고, 우리는 다시 험준한 산길로 들어서서 울퉁불퉁한 산등성이를 따라 걸었다. 천천히 그리고 조심스럽게 걸음을 옮겼다. 뺨에 와 닿는 밤공기는 차디찼고, 사방에서 산짐승들이 울부짖었다. 훈 오빠는 동트기 전에 강에 다다를 목적으로 빠르게 걸음을 재촉했고, 나는 오빠를 놓치지 않으려고 안간힘을 썼다.

환 오빠가 나를 다그쳤다.

"미옥아, 더 빨리. 어머니 말씀대로 일단 빛이 보이면 우린 자유에 더 가까워지는 거야."

몇 시간 뒤, 우리는 마침내 산밑에 다다랐고 고개를 들자 눈앞에 기적이 펼쳐졌다. 희망의 횃불, 강을 건너오라고 유혹하는 천상의 불빛, 세차게 흐르는 강물 소리. 기운이 솟구쳐 올랐다. 고난의 여정이 막바지에 이르렀다는 생각으로 걸음이 날 듯이 가벼워졌다. 강물에 젖은 흙내가 코끝에 닿았다. 자유의 냄새처럼 느껴졌다.

그런데 그때 난데없이 나타난 차가운 탐조 불빛 한 줄기가 사방을 훑기 시작했다. 셋 다 걸음을 멈춘 채 그대로 얼어붙었다. 개 짖는 소리와 함께 비명 소리와 총소리가 이어지더니 다시 섬뜩한 침묵이 뒤따랐다. 우리는 돌처럼 꼼

짝하지 않고 선 채로 숨을 죽였다. 시간이 영원처럼 느껴졌다. 움직여도 될까? 38선 경비대와 맹견들이 사방에서 달려 나와 당장이라도 우리를 덮칠 것만 같았다. 기이하리만큼 적막하고 무시무시한 순간이었다.

훈 오빠가 용기를 냈다.

"당장 강을 건너야 해! 지금이 마지막 기회야. 동이 트기까지 한 시간도 안 남았어."

환 오빠가 나섰다.

"내가 먼저 갈게."

내가 소리쳤다.

"안 돼! 셋이 같이 가든지 아니면 셋 다 안 가. 엄마가 그랬어. 오빠들한테 꼭 붙어 있으라고. 경비대한테 붙잡히면 할머니의 장신구를 넘겨주고 살려 달라고 하랬어."

환 오빠는 고집을 굽히지 않았다.

"미옥아, 우리의 앞길을 정해 줄 어머니는 이 자리에 안 계셔. 셋이 같이 있으면 우리는 죽은 목숨이나 마찬가지야."

훈 오빠도 같은 생각이었다.

"환 형이 강을 반쯤 건넜을 때 네가 다음으로 따라가."

우리 셋은 손을 맞잡고 삼 남매 사이의 끈끈한 우애를 다졌다. 그러나 늘 그랬듯 먼저 성급하게 손을 놓은 사람은 환 오빠였다. 환 오빠가 마지막 임무를 준비하고 나섰다.

내가 오빠를 잡아끌며 다시 막아섰다.

"안 돼! 우리는 같이 가야 해."

훈 오빠가 답답한 마음에 강을 위아래로 훑으며 빠르게 머리를 굴렸다. 이렇게 다툴 시간이 없다는 걸 알았기 때문이었다.

"좋아, 꼬맹아, 네가 하자는 대로 할게. 셋이 동시에 강을 건널 거야. 대신 출발 지점을 다르게 하자. 형은 25미터 동쪽, 나는 25미터 서쪽으로 갈 거야. 예순을 세면 입수야. 알아들어?"

환 오빠가 답했다.

"알았어."

나도 대답했다.

"알았어."

셋이 갈라진다는 생각만으로도 몹시 겁이 났지만, 두려움은 부차적인 문제였다. 훈 오빠의 계획이 가장 일리 있었다. 각자의 길로 헤어지기 전, 훈 오빠가 엄마가 맡긴 귀중품을 내 배낭 속에 넣었다. 그런 다음 우리는 마지막으로 서로를 꽉 끌어안았다.

훈 오빠가 말했다.

"강 건너에서 만나자!"

오빠들이 나를 두고 서로 반대쪽으로 걸으며 수를 헤아리기 시작했다.

"하나, 둘, 셋……."

넷, 다섯, 여섯, 일곱…… 나는 예순이 될 때까지 머릿속으로 계속 수를 셌다.

부화한 거북이 안전한 곳을 찾아 물속으로 찾아가듯, 나는 숨어 있는 포식자를 피하려 빠르게 강둑을 기었다. 마침내 입수 지점에 이르렀고, 나는 차갑고 얕은 물 밑으로 머리를 담그고 헤엄을 치기 시작했다. 온몸에 소름이 퍼졌지만, 동시에 안도감이 몰려왔다. 조금만 더 헤엄쳐 가면 된다. 그때, 총알이 날아와 바늘땀처럼 수면을 때리며 파문을 일으켰다. 숨을 쉬기 위해 머리를 든 순간, 북쪽 강둑에서 누군가 외쳤다.

"물 밖으로 나와!"

내 머리 위로 다시 요란한 총성이 울렸다. 환 오빠와 훈 오빠를 찾아 주위를 둘러보았지만 두 사람은 어디에도 보이지 않았다. 오빠들은 자유의 땅에 다다랐으려나? 부디 그랬기를 기도했다. 나는 백기처럼 허공으로 두 손을 들어 올린 채 터벅터벅 물 밖으로 걸어 나왔다. 나의 희망은 꺾이고 말았다.

두 경비대원 중 한 명이 명령했다.

“무릎 꿇어!”

나는 헝겊 인형처럼 털썩 무릎을 꿇었다. 기진맥진한 나머지 두려운 마음도 크게 일지 않았다. 물론 두려움이 완전히 사라진 건 아니었지만. 경비대원 중 하나가 내 머리카락을 쥐고 고개를 확 젖히더니 강철처럼 단단하고 차가운 총신을 내 관자놀이에 대고 짓눌렀다. 다른 대원이 내 얼굴에 불빛을 비추자, 눈앞이 하얘져서 아무것도 보이지 않았다.

“강은 왜 건너려는 거지?”

경비대원이 따져 물었다. 이유를 모를 리 없을 텐데.

무슨 대답을 하든 결과가 다르지 않다는 건 잘 알고 있었다. 산허리에서 죽어 간 다른 많은 사람들처럼 나 역시 아무도 모르게 헛된 죽음을 맞이할 터였다. 이 추악한 자의 갑갑하고도 허망한 심문이 끝난 뒤겠지! 그렇다 해도 나는 남자 말에 응하지 않을 것이다. 쉽사리 죽지는 않을 것이다. 마음속에서 아줌마의 목소리가 들렸다.

별들을 봐, 미옥아.

나는 고개를 들어 별들을 올려다보았다. 이제 나에겐 희망이라곤 남아 있지 않을 테지만, 내 두 눈동자는 찬란한 별들을 바라보고 있었다. 엄마가 알면 마음 아파하겠지만, 나는 내 목숨의 대가로 할머니와 엄마가 물려주신 혼수품도 내주지 않을 작정이었다. 나의 귀중한 보석을 다 차지하고도 결국엔 나를 쏠 자들이라는 걸 잘 알고 있었다.

내 머리를 총으로 짓누르고 있는 남자가 고집스럽게 물었다.

"대답해, 반역자!"

나는 별에서 눈을 거두지 않은 채 아무런 대답도 하지 않았다. 동시에 마음속에선 여러 가지 생각이 맴돌았다. 먼저, 두 번 다시 만나지 못할 가족을 생각했다. 그리고 내가 결코 이루지 못할 생의 흔적을 생각했다. 또 단 한 발의 총성에 사라지고 말 나의 추억을 떠올렸다. 그리고 한 가지

더 있었다. 악랄한 폭정의 손아귀로부터 자유를 찾아 나선 무수히 많은, 가엽고 용감한 사람들. 나는 그중 하나가 될 것이다.

경비대원이 방아쇠를 당기며 총을 쏠 준비를 했다. 마지막 숨을 들이마시며 내 운명을 받아들이려던 그때……,

이럴 수가! 신의 가호여.

"보내 줘."

함께 서 있던 다른 대원이 말했다.

"미쳤어? 이 여자애 머리 하나에 쌀이 한 자루야. 반은 내 거, 반은 네 거."

첫 번째 대원이 총을 내 관자놀이에 단단히 붙인 채로 어림없다는 듯 말했다.

"다음번 쌀자루는 다 네 거야. 그러니까 보내 줘."

"얘가 뭔데? 아는 애라도 돼?"

"응."

다른 대원이 손전등을 내리며 대답했다. 눈을 비추던 조명 빛이 사라지자, 나는 소년을 알아보았다. 염료 통 위로 허리를 숙이고 앉아 있던 누더기 차림의 아이. 다정하고 슬픈 눈의 아이. 레몬 사탕을 좋아했던 바로 그 아이.

동트기 전이라 희뿌연 새벽빛이 전부였지만, 나는 그 애를 알아볼 수 있었다. 키가 부쩍 자란 데다 차가운 눈빛이 되었어도, 훈련복 차림에 기관총을 들었어도 그는 송호였다.

송호가 말을 이었다.

"전에 나한테 호의를 베풀어 줬어. 내가 갚을 차례야."

엄마 목소리가 들렸다.

아무리 작은 친절도 결코 잊히지 않는단다.

송호와 짝을 이룬 대원이 짜증스러운 소리를 내며 내 머리에서 총신을 거두었다. 나를 옆으로 확 밀치고 돌아선 그는 벌써 다음 머리를 찾고 있었다. 그 머리 하나면 쌀 한 자루가 통째로 제 차지가 될 테니까.

송호가 나를 재촉했다.

"가! 저 애가 마음을 바꾸기 전에."

나는 송호에게 같이 가자고 말하고 싶었다. 내 주머니 속에 나눠 먹을 레몬 사탕이 많다고 말하고 싶었다. 하지만 너무 늦었다. 힘 없던 공장 소년은 이미 손에 피를 묻힌 뒤였다. 새 정권으로부터 부여받은 권한으로 기세가 당당한 모습이었다.

나는 강으로 달려갔다. 뒤도 돌아보지 않고 필사적으

로 헤엄을 치며 강 반대쪽에서 오라하는 천상의 빛을 향해 나아갔다.

안녕, 신의주! 안녕, 아줌마! 안녕, 엄마!

절반쯤 강을 건넜을 때 강 건너에서 힘찬 응원 소리가 들려왔다.

"자유의 땅에 오신 것을 환영합니다!"

10

자유

송호가 내 목숨을 살려 준 게
진심인 걸 알지만,
그는 이미 괴물로 변해 있었다.

내가 첫 번째 자유의 숨을 들이마시기도 전에, 미군 병사들이 나에게 살충제를 뿌렸다. 모기를 박멸하기 위해 논에 뿌리는 바로 그 약이었다. 나는 얼굴을 가리고 숨을 꾹 참았다.

병사들의 임무가 끝나자, 두 낯선 남녀가 나에게 달려와 담요로 내 몸을 감싸고 차와 빵을 건넸다. 그들이 나에게 말했다.

"우리는 자유 애국 동지들입니다. 자유의 땅에 오신 것을 환영합니다!"

차가운 강물과 정신적 충격으로 온몸이 심하게 떨렸지만, 환한 얼굴로 반갑게 맞아 주는 사람들에게 감사하는 마음이 컸다.

하지만 굴욕감을 떨치지 못하고 내가 물었다.

“왜 나한테 살충제를 뿌린 거예요?”

남자가 미안해하며 말했다.

“모든 월남자들은 열차에 태우기 전에 디디티(DDT)[9]를 뿌립니다. 질병이 퍼지는 것을 막기 위해서예요.”

여자가 소리 높여 말했다.

“고생 많았지만 지금은 축하부터 할게요. 당신은 자유예요!”

그러거나 말거나 나는 다급히 두 사람에게 물었다.

“혹시, 저희 오빠들 못 보셨어요? 위아래로 검은 옷을 입은 키가 큰 이십 대 남자들이고, 이름은 환 그리고 훈이에요.”

사람들이 내 말을 듣고 각자 기억을 더듬으며 서로에게 확인했다. 그때, 종소리가 울렸다. 강을 건너는 월남자가 물가에 닿으면 치는 종소리였다. 그리고 그 너머로 훈

9 방역용 및 농업용 살충제로 제2차 세계 대전 후부터 널리 쓰였으나, 인체의 지방 조직에 쌓여 잔류 독성을 보여 현재는 제조와 판매, 사용이 금지되었다.

오빠의 목소리가 들려왔다.

"미옥아!"

"훈 오빠!"

나는 사람들 속에서 오빠의 이름을 소리쳐 부르며 미친 듯이 오빠를 찾았다. 그 순간 새벽빛 속에 오빠의 환한 얼굴이 모습을 드러냈다.

"여기야!"

훈 오빠와 나는 얼싸안고 재회의 기쁨을 나누었다.

오빠가 숨을 고르며 나직이 말했다.

"하나님, 감사합니다. 미옥아, 살아 있었구나."

"하마터면 죽을 뻔했어, 오빠. 그런데 나를 그냥 보내줬어……. 왜냐면…… 레몬 사탕 때문에……"

죽을 고비를 넘겼다는 생각에 흥분한 나머지 나는 말을 더듬었다.

오빠가 나를 품에 안고 살살 흔들며 달랬다.

"쉿! 다 끝났어, 꼬맹아. 넌 이제 그자들 생각은 안 해도 돼. 우리는 자유야."

그래. 우리는 자유다. 생사를 넘나들었던 일도 이제 지난 과거일 뿐이다. 절망적인 상황에 놓인 어린 소년들이 세

뇌당해 살인자가 되어 버린 것도 38선 너머 그곳의 일이다.

"두 분 모두에게 행운을 빕니다!"

자유 애국 동지라는 사람들이 한목소리로 우리를 응원하고는 곧바로 새롭게 몰려오는 월남자들에게로 향했다.

내가 훈 오빠에게로 돌아서서 물었다.

"환 오빠는?"

갑자기 오빠의 얼굴이 어두워지더니 입술이 바르르 떨렸다.

"설마……."

믿을 수 없었다. 환 오빠가 영원히 내 곁을 떠났다고? 나는 조금 전에 내 목숨을 구해 준 신을 욕하고, 훈 오빠만큼 환 오빠를 사랑하지 않았던 나 자신을 질책했다.

내가 훈 오빠의 가슴에 얼굴을 묻고 울부짖었다.

"안 돼!"

훈 오빠가 나를 달랬다.

"미옥아, 미옥아! 형은 살아 있어. 그런데 부상이 심해. 경비대원들이 쏜 총에 다리를 맞았어."

나는 가슴을 쓸어내렸다. 불행 중 다행이었다. 환 오빠를 쏜 사람이 송호였을까? 산과 강에서 얼마나 많은 월남자들이 송호가 쏜 총에 맞아 장애를 얻거나 죽음을 맞았을까? 그날 아침에 송호는 쌀자루를 몇 개나 모았을까? 송호가 내 목숨을 살려 준 게 진심인 걸 알지만, 그는 이미 괴물로 변해 있었다.

"지금 환 오빠는 어딨어?"

"형은 아버지랑 같이 서울에 있는 병원으로 이송 중이야."

나는 두 귀를 의심했다.

"아빠가 여기 계신다고?"

훈 오빠가 고개를 끄덕였다.

"아버지가 자유 애국 동지들을 도와서 형을 물에서 끌어내셨어. 기차역이 여기서 멀지 않아. 우리도 지금 출발하면 병원으로 가는 다음 열차를 탈 수 있어."

난 죽을 뻔했다. 환 오빠는 총을 맞았다. 아빠는 우리를 기다리고 있었다……!

세상은 어지럽게 돌고 있었고, 나는 휘몰아치는 감정에 머리가 어찔할 지경이었다.

해가 산꼭대기를 넘어갈 무렵에야 우리는 병원에 도착했다. 훈 오빠와 나는 아빠와 환 오빠를 찾아서 소리쳐 이름을 불렀지만, 아수라장 같은 응급실의 소음에 묻혀 버렸다. 환자를 싣고 응급실 안으로 달려 들어오는 구급대원들, 피를 흘리며 울부짖는 환자들, 우리처럼 사랑하는 이들의 안부를 확인하려는 보호자들.

얼마 후 우리는 지팡이에 몸을 의지한 채 절뚝절뚝 걸음을 옮기는 아빠를 발견했다. 아빠는 성경을 한 손에 쥐고 기도를 중얼거리고 있었다. 삼손 같은 힘을 자랑하던 남자는 이제 사라지고 없었다. 흰머리가 듬성듬성 나 있던 아빠의 머리칼은 어느새 백발이 되었고, 꼿꼿하던 허리는 구부정했으며, 반듯한 이마에 깊은 흉터까지 보였다. 그런 아빠를 보자 반갑고도 서글픈 감정이 복받쳐 올라 훌쩍훌쩍 울음이 터져 나왔다.

아빠 품에 안겨서 나는 죄책감에 사로잡혔다. 하나님, 부디 저를 벌하세요. 믿음이 없는 저에게 벌을 주세요. 당연히 아빠는 우리를 사랑했다. 아빠는 고향을 떠나온 곳에서 병에 시달리고 쪽잠을 자면서, 밤낮으로 동동거리며 우리를 걱정하고 기다렸을 것이다. 하늘의 별들과 달처럼 그리고 엄마처럼 아빠는 늘 그 자리에 있었다.

"훈아, 미옥아."

아빠가 걸음걸이만큼이나 흔들리는 목소리로 나지막이 우리를 불렀다.

내가 울먹이며 말했다.

"아빠."

훈 오빠가 물었다.

"아버지, 어쩌다 이렇게……?"

"이야기하자면 길다. 지금은 환이 생각만 하자꾸나. 환이는 지금 수술 중이야. 총알에 대퇴골이 산산조각이 났다고 하는구나. 하지만 천만다행으로 총알이 대동맥을 비껴갔어. 기다려 보는 수밖에."

우리는 시계를 보며 자리를 지켰다. 나는 아빠와 훈 오빠에게 강을 건너온 이야기와 송호 덕분에 죽을 고비를 넘긴 일과 염색 공장에서 송호를 만났던 지난 일까지 빠짐없이 이야기했다.

"그 경비대원이 쌀 한 자루 때문에 나를 죽이려고 했는데 송호가 나를 살렸어요. 엄마 말씀이 옳았어요. 엄마가 그러셨거든요. 아무리 작은 친절도 결코 잊히지 않는다고요.”

훈 오빠가 울컥하며 말했다.

“네가 착한 일을 한 덕분이야, 꼬맹아.”

아빠가 나직이 말했다.

“기적이지. 아니 어쩌면 하나님의 섭리일 수도 있고. 어느 쪽이든 아빠는 송호에게 평생 감사할 거다.”

나 역시 송호에게 고마운 마음이었지만, 환 오빠의 다리를 산산이 부순 게 송호가 쏜 총알일 거라고 자꾸 생각이 들었다. 염색 공장에서 일하던 그 송호는 이제 다른 사람, 우리의 적이 되었다.

훈 오빠가 메고 있던 축축한 배낭에서 젖은 봉투를 꺼내 아빠에게 건넸다.

“어머니가 아버지께 전하라는 편지예요.”

아빠가 봉투를 열고 엄마의 손 편지를 읽어 내려갔다. 무슨 내용이 적혀 있는지는 몰랐지만, 애통해하는 아빠의 표정은 이제 막 사랑하는 연인을 잃은 남자의 얼굴이었다.

아빠에게 물었다.

“엄마가 아이들과 신의주에 남을 생각이었다는 거, 아빠도 알고 계셨어요?”

"안다. 우리는 기도해야만 해. 이 나라가 전쟁이 아닌 평화를 위한 해결책을 선택하기를. 그럼 다시 고향으로 돌아갈 수 있어."

훈 오빠는 믿지 않는 얼굴이었다.

"아버지, 신의주는 이미 전쟁터예요. 사람들은 정치 선전에 세뇌되었고 공포에 마비되어 가고 있어요. 병사로 차출되는 애들이 송호 하나가 아니라고요."

나 역시 같은 생각이었다.

"송호는 그저 가여운 고아였지만, 지금은 살인자예요. 엄마가 먼저 송호를 발견했다면 좋았을 텐데. 그럼 38선에서 무고한 사람들을 죽이는 일은 하지 않았을 거예요."

"미옥아, 훈아, 지레짐작은 하지 말자꾸나. 너희가 이해를……."

아빠의 말을 끊고 내가 따져 물었다.

"뭘 이해해요, 아빠? 가엾은 아이들이 악마로 커도 괜찮다는 말씀이세요?"

"아니다. 우리나라는 오랜 세월 동안 강대국들의 포위망 아래에서 살았다는 걸 너희가 알아야 한다는 뜻이야. 우리나라는 그들이 욕심내는 위치에 있는 땅이다. 일본이 수십 년 동안 우리나라를 식민 지배한 것도 우리나라가 전략적으로 중요한 위치에 있기 때문이었어. 북쪽에선 자치 정부를 수립하겠다고 약속한 자가 일약 새로운 지도자로 떠올랐다. 그가 굶주린 젊은이들에게 배불리 먹을 수 있는 삶을 약속했어. 새로운 지도자의 약속이 공허할지라도 젊은이들이 희망을 품는 걸 탓할 수는 없다. 굶주림은 간절함을 낳는 법이니까."

"하지만 훈 오빠 말 들었잖아요, 아빠. 전부 다 정치 선전이에요. 곧 전쟁이 일어날 거라고요."

"시간만이 말해 줄 거다, 미옥아."

내가 흥분해서 외쳤다.

"전쟁이든 아니든, 난 소련 사람들이 싫어요! 일본 사람도 싫고, 그들에게 선동당한 우리나라 사람들도 싫어요. 다 사악한 괴물들이라고요!"

아빠가 내 어깨에 손을 올리고 가만히 말했다.

"미옥아, 제발 미움을 품지 말거라."

훈 오빠가 말했다.

"미옥이는 너무 많은 걸 보고 겪었어요, 아버지. 미옥이가 그런 생각을 하는 걸 뭐라 할 수는 없어요. 일본인들처럼 공산당도 수많은 가정을 망가뜨렸어요."

아빠가 대꾸했다.

"내가 국경을 넘을 수 있게 도와준 사람은 소련군 병사들이었다. 앉거라, 해 줄 말이 있다."

아빠는 홀로 남한으로 오기까지의 참혹했던 여정을 우리에게 들려주었다. 아빠가 산속을 떠났던 그때는 초겨울이었다. 산은 온통 얼음으로 덮여 있었다. 기온이 영하 20도를 밑돌아서 화창한 날에도 두꺼운 빙판길이 위험천만하게 남아 있었다.

아빠가 우리에게 말했다.

"조심하며 걸었는데도 워낙 길이 미끄러워서 산비탈에서 굴러떨어지고 말았지."

아빠는 머리와 얼굴을 깊게 베었다. 그보다 심각한 건 부러진 왼쪽 엉덩이뼈였다. 추위와 사나운 날씨를 밤낮으로 견뎌야 했다. 수없이 많은 길잡이와 월남자들이 아빠 옆을 모르는 척 지나쳐 갔다.

"하나같이 죽어 가는 나를 외면했어."

인류를 향한 깊고도 변치 않는 믿음을 간직하며 살아온 아빠였다. 아빠가 한숨을 내쉬며 말을 이었다.

"너희도 겪어 봐서 알겠지만, 다친 노인을 거두었다가는 짐만 될 테니."

그러던 어느 날 두 명의 젊은 소련군 병사들이 우연히 아빠를 발견했다. 그들은 아빠에게 다가와 물로 상처를 닦아 주고 담요를 덮어 병원에 데려갔다. 그곳에서 아빠는 한 달 넘게 입원해서 치료받을 수 있었다. 유창한 소련어 실력은 말할 것도 없고, 아빠의 농담과 따뜻함에 반한 병사들은 아빠를 만나러 자주 병원에 찾아왔다. 그들은 아빠에게 전쟁보다는 삶을, 이념보다는 고향을 이야기했다.

"고향이 그리운 젊은 청년들이 나에게서 자신들의 아버지를 본 모양이야. 그들이 목숨을 걸고 나를 살렸다."

아빠가 퇴원하자 병사들은 아빠를 곧바로 남쪽 국경의 한 기차역으로 데려갔고, 그곳에서 마지막 작별 인사를 나누었다고 한다.

"알겠니? 용감하고 인정 많은 그 두 명의 소련군 병사들이 아니었더라면 아빠는 너희를 만나지 못했을 거야."

일주일 뒤, 환 오빠가 다리를 절며 퇴원했다. 아빠처럼 환 오빠도 지팡이에 의지했고 평생 절름발이로 살아야 했지만, 그래도 살아 있었다. 하지만 안타깝게도 얼마 지나지 않아 오빠는 깊은 우울증에 빠졌다. 신의주에서의 지난 시절을 그리워하며 막걸리로 고통을 삭였다.

자유의 대가.

나는 환 오빠를 너무도 사랑했지만, 오빠의 기운을 돋아 주기 위해 할 수 있는 일이 아무것도 없었다. 우리 앞에는 다른 고난이 기다리고 있었다. 식량이 바닥나기 시작했다. 그러는 중에도 환 오빠는 술만 마셨다. 훈 오빠가 암시장에 엄마가 물려주신 내 혼수품까지 내다 팔며 살림을 꾸려 가려고 애썼지만, 환 오빠는 절망에 빠진 채 집에만 틀어박혀 있었다.

11

한국 전쟁

나는 골목길을 내려가는
훈 오빠를
가만히 바라보았다.

우리는 서울 한가운데에 있는 교회 지하실에서 생활하는 것에 차츰 적응해 갔다. 신의주로 귀향하게 될 그날을 손꼽아 기다리며, 지금의 상황이 부디 짧은 한 시절로 끝나기만을 소망했다. 낮이면 아빠는 설교를 했고, 밤이면 기도를 했다. 나는 교회 집사님을 도와 봉사를 다녔다. 교회에서 무료 급식을 할 때마다 집 없는 아이들이 몰려들었다. 그 아이들을 생각하고 또 엄마를 생각하면 가슴이 무너져 내렸다. 엄마가 몹시 그리웠다. 함께 있었다면 이 아이들을 거두고 사랑을 베풀어 주었을 것이다.

우리가 사는 지하실은 무척 좁고 창문조차 없었지만, 내가 수놓은 한가위 보름달은 남쪽으로의 험난한 여정에서도 살아남아 시멘트 벽에 걸린 채 포근한 고향의 풍경을 보여 주고 즐거웠던 추억을 기억하게 해 주었다. 지하실에는 낡은 피아노도 한 대 있었다. 훈 오빠는 밤이면 종종 피아노 앞에 앉아 우리 민요를 연주했고, 나는 오빠의 연주 소리를 자장가 삼아 시름을 잊고 곤한 잠을 잘 수 있었다. 훈 오빠의 음악은 마법이었다.

식사는 대부분 교회 식당에서 해결했다. 나는 마음속으로 백선 백화점 옆 우동집과 우리가 즐겨 앉던, 별이 올려다보이는 창가 자리를 생각했다. 시간 가는 줄 모르고 나누던 훈 오빠와의 대화를 그리워했다. 나는 그렇게 향수병을 앓고 있었다.

어느 저녁, 훈 오빠가 뜻밖의 밤마실을 제안했다.

내가 놀라서 물었다.

"어디로 가게?"

훈 오빠가 빙그레 웃었다.

"가 보면 알아, 꼬맹아."

교회에서 몇 골목을 걸어 나가 모퉁이를 돌자 흐뭇한 광경이 우리를 기다리고 있었다. 국숫집이었다! 언제나 나를 반겨 주던, 반들반들한 온돌바닥 위로 따사로운 등불이 내리비치던 신의주의 그 우동집은 아니었다. 이 국숫집은 차가운 시멘트 바닥에 담배 연기가 자욱했다. 손님들은 꼭두새벽까지 자리를 지키며 국수를 안주 삼아 막걸리를 들이켜는 아저씨들이었다. 그래도 모처럼 교회 식당을 벗어난 즐거운 시간이었다.

그 옛날처럼 훈 오빠와 나는 창가에 자리를 잡았다. 창밖으로는 국군과 미군이 거리를 순찰하며 전쟁이 임박했음을 일깨워 주고 있었다. 그렇지만 별들을 볼 때면 신의주든 석하산이든 그 어디로나 갈 수 있었다.

백선 백화점의 일은 먼 추억으로 미뤄 둔 채 환 오빠와 훈 오빠는 새 일자리를 구했다. 일본의 명문 학교를 졸업한 덕분에 환 오빠는 연희대학교 연구원으로 취직했다. 학교에 나가는 날이 많아질수록 술 먹는 일도 줄었고 점점 안정을 찾아갔다. 반면 훈 오빠는 청소부나 창문 닦이, 변소 청소 같은 막일을 했다. 생계를 꾸리는 데 보탬이 되는 일이라면 무슨 일이든 가리지 않았다. 한때 신의주에서 비단 양복을 차려입고 호화로운 백화점을 운영하던 지배인이었지만, 지금 훈 오빠는 자신에게 주어진 새로운 역할을 의젓하게 받아들였다. 오빠를 생각하면 마음이 아프면서도, 훈 오빠가 내 오빠라는 게 이토록 자랑스러웠던 적은 없었다.

몇 주가 지나고부터 엄마와 아줌마 모두에게 편지가 오기 시작했다. 짧은 편지였고, 몇 통은 편지라기보다는 쪽지에 가까웠다. 놀랍게도 두 분의 편지에는 즐거운 일만 가득했다. 어떻게 이렇게 낙천적인 태도를 잃지 않을 수 있는지 나로서는 신기할 따름이었다.

미옥이에게

잘 지내고 있기를 바란다. 너희 엄마와 난 잘 있어. 갈수록 돌봐야 할 아이들 수가 늘어나는 통에 쉴 틈이 없구나. 여기 날씨는 산책하기에 완벽할 정도로 너무나 아름답단다. 앞마당에 텃밭을 만들었어. 곧 오이와 토마토를 거둘 수 있을 거야.

부디 잘 지내고 별들을 보렴.

사랑하는 아줌마가

엄마의 편지들도 다르지 않았다.

사랑하는 미옥이에게

내 예쁜 딸, 잘 지내고 있지? 서울도 신의주만큼 날씨가 좋니? 이곳 생활은 평온하고 평화롭단다. 아줌마하고 나는 텃밭을 일구고, 아이들이 먹을 음식을 마련하느라 아주 바쁘게 지내고 있어. 먹일 입이 워낙 많잖니. 신나게 밥을 먹는 얼굴들을 보는 건 언제나 마음을 흐뭇하게 한단다.

모두에게 안부 전해 주렴.

사랑하는 엄마가.

아빠가 우리에게 말했다.

"첩자들이 편지를 일일이 열어 보고 있어. 우리가 편지를 쓰는 목적은 가족이 살아 있는지 확인하기 위해서야."

훈 오빠가 덧붙였다.

"낱말 하나만 잘못 들어가도 사형이야."

편지 한 통을 받을 때마다 나 역시 답장을 썼다. 간결하고도 비슷한 어조의 답장이었다.

어쨌든 전할 만한, 작지만 귀한 소식이 있어서 다행이었다. 나무에서 내린 뿌리처럼, 엄마와 아줌마의 편지는 혼란의 시절 한가운데에서도 나를 단단히 붙잡아 주었고, 여전히 우리가 한 가족임을 잊지 않게 해 주었다.

그러던 어느 날 편지가 뚝 끊겼다. 나는 계속해서 엄마와 아줌마에게 편지를 썼다. 몇 주가 지나고 다시 몇 달이 지나고, 그 뒤로 몇 년이 지나도록 답장 한 통 받지 못했지만 나는 멈추지 않고 편지를 썼다. 헛수고일지라도, 엄마와 아줌마를 계속 살아 있게 하는 나만의 방식이었다. 하지만 마음속으로는 다시 두 분으로부터 답장을 받을 거라는 희망은 점점 옅어지고 있었다.

*

열여덟 살이 된 나는 환 오빠의 도움으로 대학 입학시험에 합격하고, 이화여자대학교 학생이 되었다. 하지만 대학 생활에 채 적응하기도 전에 한반도에 전쟁이 일어났다. 1950년이었다.

아빠가 말했다.

"북한군이 빠르게 남으로 진군 중이다. 내려오는 동안에 눈에 띄는 남한 청년들을 죄 죽이고 있어."

내가 물었다.

"왜 남자들만요?"

환 오빠가 대신 답했다.

"청년은 전쟁 승리에 가장 큰 위협이 되니까. 훈이는 가능하면 빨리 부산으로 떠나야 해."

젊은이들 대부분 부산으로 피란할 계획을 세우고 있었다. 한반도 남쪽 끝에 있는 항구 도시 부산은 미군 기지가 위치한 안전한 피란처였다. 평생 다리를 절어야 하는 환 오빠는 장애인이라는 점이 되려 안전하게 작용했다. 그러나 건장한 한국 청년인 훈 오빠는 북한 정권한테는 위협이었다.

어느 날 저녁, 훈 오빠와 함께 국숫집을 찾았다. 나는 그 순간을 소중히 여기며 천천히 국수를 삼켰다. 오빠가 부산으로 떠나기 전에 얼마나 더 함께 밥을 먹을 수 있을지 몰랐다. 오빠가 떠난다는 생각만 해도 눈에 눈물이 차올랐다.

훈 오빠가 명랑한 목소리로 물었다.

"왜 울어, 꼬맹아?"

"난 오빠가 안 갔으면 좋겠어."

"오빠는 괜찮을 거야."

말은 그렇게 했지만, 국수를 먹는 오빠의 젓가락은 파르르 떨렸다.

국수를 먹고 우리는 다시 교회로 걸었다. 오빠가 문 앞에 멈춰서자, 문득 두려움이 엄습해 왔다.

오빠가 말했다.

"먼저 들어가."

"오빠는 어디 가는데?"

"며칠 후에 배 한 척이 부산으로 떠나. 그 배에 나를 태워서 밀항해 줄 사람을 오늘 밤에 만나기로 했어."

별 하나 없는 으스스한 밤이었다. 멀리서 총성이 들려왔고, 검은 하늘을 배경으로 산 너머에서 포연이 자욱하게 피어올랐다.

내가 말했다.

"늦지 마."

오빠가 약속했다.

"금방 올게, 꼬맹아."

나는 희미한 그림자가 되어 골목길을 내려가는 훈 오빠를 가만히 바라보았다. 오빠가 약속을 지키지 못할 줄 알았더라면, 나는 오빠를 절대 보내 주지 않았을 것이다.

에필로그

문을 노크하는 소리에 현실로 되돌아왔다. 방황을 거듭 하고 있는 아들 얘기를 하소연하려고 딸이 내 방을 찾았다. 별 하나 없던 그 밤, 북쪽 병사들이 쏜 총에 맞아서 돌아오지 못한 훈 오빠와는 달리, 카슨은 때가 되면 돌아올 거라고 딸에게 말해 주려고 한다.

이날까지도 우리 가족을 망가뜨린 전쟁에 대한 가슴 아픈 기억이 남아 있다. 남편이 그립긴 했지만, 그건 또 다른 시절의 이야기이다. 나는 남편을 따라 미국으로 왔고, 네 명의 사랑스러운 자식들을 두었으나 남편은 너무도 일찍 세상을 떠났다.

미국에 오고 얼마 지나지 않아 아버지는 집에서 주무시다가 숨을 거두었다. 심부전 때문이라고 들었지만, 나는 마음의 병이 큰 탓이라고 생각했다. 대학에서 연구원으로

일하던 환 오빠는 이화여자대학교에서 근무하던 착한 한국인 여자와 결혼해 길고도 평온한 삶을 살았다. 오빠 부부는 여섯 명의 자녀와 열두 명의 손자 손녀를 두었다.

분단된 한국이 우리의 운명을 결정하면서 나는 두 번 다시 엄마와 아줌마를 만나지 못했다. 그러나 난 지금도 매일 같이 두 분을 생각한다. 송호도 생각한다. 38선 앞의 병사가 아닌, 염료로 퍼렇게 팔이 물들고 레몬 사탕을 좋아했던 슬픈 눈의 소년을.

그러나 사랑하는 나의 오빠, 훈 오빠만 생각하면 늘 목이 멘다. 눈을 감으면 아직도 타고난 품격을 잃지 않고 백선 백화점의 지배인으로 일하던 오빠가 아른거린다. 그렇다! 흘러간 시간이지만, 내 가슴속에선 영원토록 생생하게 살아 있는 시대이다.

한국 독자에게 드리는 글

나는 작가가 될 운명이었습니다. 타로점에서 알려 준 '나의 인생 숫자(Life Path Number)' 3에 따르면 말이죠. 그러나 나는 에너지 넘치는 체조 선수로 살았습니다. 물구나무를 서고, 옆 돌기를 하고, 뒤로 공중제비를 돌며 어린 시절을 보냈지요. 워낙 자유분방하다 보니 내 안의 창의적인 면을 끌어낼 수 없었습니다.

그런데 갑작스럽게 아버지의 죽음을 맞닥뜨리고 모든 게 바뀌었습니다. 아버지가 돌아가시고 이틀 뒤는 내 열일곱 번째 생일이었습니다. 나는 마음에 구멍이 뻥 뚫린 듯한 기분으로 눈물을 흘리며, 아버지의 삶을 되돌아보았지요. 슬프기만 했던 그날, 문득 내 부모님이 한국에서 어떤 삶을 살았는지 모르고 있다는 사실을 깨달았습니다. 일제강점기를 지나온 참혹한 어린 시절은 물론이고, 전쟁과 탄압 그리고 인생을 뒤흔드는 사건들 속에서 살아남기 위해

분투했을 젊은 시절에 대해서도 아는 바가 없었습니다.

그 후 나는 우리가 함께하는 시간이 모래시계 속의 모래처럼 빠져나갈까 봐 두려워 몇 달이나 어머니 곁에서 떨어지지 않았습니다. 우리는 매일 밤늦게까지 옛 사진들을 꺼내 보았고, 어머니는 고국에서 겪은 훈훈했던 이야기와 고통스러웠던 기억을 들려주셨어요. 나는 북한의 항구 도시 신의주에서부터 서울 변두리의 한 작은 동네에 이르기까지 한반도를 아우르는 우리의 다채로운 가족사를 기록했습니다. 어머니의 이야기를 주의 깊게 듣고 나름대로 해석하고 정리했으며, 종국에는 나의 작품으로 만들어 냈습니다. 그렇게 나는 작가로서의 여정을 시작했습니다.

잊을 수 없는 이 사진은 어머니 방 서랍장 위에 70년도 넘게 놓여 있었습니다. 어렸을 때 나는 이 사진 옆을 수도 없이 지나다녔지만, 한 번도 사진 속 인물들이 누구고, 어

아기 미옥과 가족　　10살의 미옥

떻게 살다 죽었는지 생각해 본 적이 없었습니다. 나의 어머니(사진 속 여자아이)를 제외한 다른 이들은 내게 머나먼 나라에 뿌리를 둔 족보 속 이방인들일 뿐이었지요. 아버지가 돌아가신 후에 생긴 사진 속 가족들에 관한 궁금증은 나를 더욱더 깊이 파고들게 했고, 마침내 한국인으로서 나의 뿌리가 묻혀 있는 지나간 시대를 세상에 소개하기에 이르렀습니다. 이제 이 흑백 사진을 가만히 보고 있노라면 다정한 내 가족의 생생한 얼굴들이 보입니다. 오늘날 내가 자유로운 세상에 사는 건 그들이 살아온 힘겨운 과거와 결연한 희생 그리고 용기 덕분입니다.

2017년에 어머니는 87세였고, 나는 우리에게 남은 시간이 많지 않다는 걸 알았습니다. 그 전부터 『신의주 백선 백화점』에 대한 구상은 몇 년째 머릿속에 자리 잡고 있었지만, 그제야 나는 작품을 쓰겠다고 결심했습니다. 어머니 생전에 보여 드리는 마지막 작품이 될 터였습니다. 어머니의 이야기를 쓰는 일은 진정 사랑으로 일군 즐거운 노동이었고, 한국 근현대사의 격동기를 살다 간 내 가족들을 만나는 나만의 방식이었습니다.

나는 완성된 글을 어머니 손에 들려 드렸습니다. 어머니는 눈물이 그렁그렁한 눈으로 원고를 꽉 쥔 손을 가슴에 품은 채 중얼거리셨지요. "나의 이야기."하고요.

안타깝게도 책 출간을 앞두고 어머니는 향년 89세의

일기로 세상을 떠나셨습니다. 그러나 나는 그녀가 저 우주 어딘가에서 오랫동안 헤어졌던 가족과 만나 축하하고 있다는 예감이 듭니다. 지금도 별을 볼 때면 그녀의 기운을 느낍니다. 그녀는 아버지와 구름 속에서 춤추고 있을 거예요. 나의 글이 한국에서 출간된다는 것을 알고 말이죠. 저도 그들과 함께 춤추고 있습니다. 《신의주 백선 백화점》을 한국 독자들에게 소개해 준 안녕로빈에게 깊은 감사를 드립니다.

현재 저는 백화점을 운영하기 전, 1930년대에 호텔에서 일을 했던 내 가족에 대한 새로운 소설을 쓰고 있습니다. 호기심이 생기나요? 이 글쓰기가 저를 어디로 데려갈지는 아직 미지수지만, 지금 제 침실 서랍 위에 놓인 가족사진은 내 마음이 있는 곳을 보여주는 영원한 상징입니다. 바로 한국에요.

감사의 글

글을 쓰기 전부터 이 책의 제목을 좋아해 준 저스틴에게 감사를 전합니다. 당신의 열정은 전염성이 있어요. 스킵, 내가 이 책에 몰두하는 동안 초콜릿 가게를 맡아 주어서 고마워요. 당신의 흔들리지 않는 헌신 덕분에 걱정 없이 작품을 쓸 수 있었어요. 프랜시, 빨리 작품을 내놓으라고 자극해 주어서 고마워요. 당신의 끊임없는 믿음 덕분에 해낼 수 있었어요. 나의 훌륭한 편집자이자 발행인 제니 로열에게 감사를 전합니다. 당신의 노고와 헌신은 누구와도 견줄 수 없습니다. 제 원고를 책으로 만들어 준 리갈 팀 모두 감사해요. 마지막으로, 이 책 집필을 가능하게 해 주신 어머니, 당신의 생생한 기억과 얽히고설킨 그 이야기들은 언제 들어도 제 마음을 사로잡는답니다.

진저 박

옮긴이의 말

한가위 보름달이 환히 빛나는 밤하늘 아래, 지붕처럼 우거진 감나무들 밑에서 달콤한 주황빛 감을 따 먹고 있는 사내아이. 주인공 미옥이 자수화를 바라보며 슬프고도 아름다운 추억을 떠올리는 장면과 함께 미옥의 이야기가 시작된다. 이 이야기는 일제 강점기 말기인 1944년부터 한국 전쟁이 일어난 1950년에 이르는 시간 동안 방미옥이라는 한 소녀와 그 가족이 겪은 고난과 역경을 그린 작품이다.

전쟁 중 한 가족이 겪은 고난과 역경은 어찌 보면 흔한 소재이다. 그러나 작가는 백선 백화점이라는 특별한 공간을 배경으로 어디에서도 볼 수 없었던 흔치 않은 이야기를 만들어 낸다. 일제 강점기 신의주에 귀금속과 고급 양복, 진주 머리핀과 향수를 파는 호화로운 백화점이라는 소재 자체도 흥미롭지만, 그 화려함과 대비된, 어린아이들조차 강제 노역에 시달릴 수밖에 없었던 조선인들의 고단한 삶이 더욱 안타깝게 느껴진다.

뜨거운 가족애와 자식을 위한 무조건적인 희생을 마다하지 않는 부모를 그린 이야기 또한 그동안 많았다. 하지만 이 작품 속 미옥의 부모가 보여 주는 사랑의 방식은 여느 작품들과는 다르게 특별하게 다가온다. 미옥의 어머니와 아버지는 자식들이 모성과 부성이 부족하다며 불만을 토로할 만큼 지극히 순수하고 숭고한 인간애를 보여 준다. 미옥의 부모는 우리 편과 남의 편, 적과 동지를 가리지 않고 도움이 필요한 이에게는 그 누구에게라도 등을 돌리지 않는다. 미옥의 아버지는 길에서 죽어 가던 자신을 구해 준 은인도 가족과 고향을 그리워하던 평범한 소련군 청년들이었다며, 미옥과 아들들에게 무작정 미움을 품지 말라고 당부한다.

이 작품 속 미옥이 송호에게 베푼 친절도 어머니 아버지의 마음과 다르지 않다. 미옥이 염색 공장에서 송호에게 준 레몬 사탕 하나. 송호는 그 레몬 사탕의 달콤한 맛 못지 않게 자신을 향한 미옥의 관심에 마음이 따뜻해지지 않았을까. 의지할 곳 하나 없는 고아인 자신을 그저 공장의 부속품처럼 무시하고 이용만 하려는 사람들이 전부였을 송호이기에 미옥의 친절이 더더욱 따뜻하게 다가왔을 터였다. 미옥의 어머니 말처럼 아무리 작은 친절도 결코 잊히지 않는다. 친절은 기적을 만든다. 친절의 힘은 수백수천 번 이야기해도 지나치지 않다. 친절의 힘을 다룬 작품을 여럿 옮겼지만, 그때마다 다시금 친절의 힘을 마음에 되새기게 된다.

그러나 한국 전쟁이 일어난 그해로부터 70년이 훌쩍 지난 지금도 세계 곳곳에서 그 친절에 반하는 참혹한 전쟁이 벌어지고 있는 게 현실이다. 오늘도 우크라이나와 팔레스타인 등지에서 벌어지고 있는 무참한 전쟁 속에서 송호와 같은 전쟁고아가, 미옥의 가족과 같은 전쟁 난민이 발생하고 있음을 생각하면 이 작품이 그저 한날 옛이야기가 아닌 오늘을 이야기하는 것 같아 안타깝기만 하다.

구례로 귀촌을 한 지 햇수로 4년이 되었다. 구례는 가을이면 감이 주렁주렁 달린 감나무가 지천이다. 이제 그 주황빛 감들을 볼 때마다 미옥이가, 송호가, 우리네 할머니 할아버지가 살았던 고난과 역경의 시절이 떠오를 듯하다.

구례에서, 천미나

『신의주 백선 백화점』에 쏟아진 찬사들

진저 박의 감동적이고도 가슴 아픈 이 소설에서는 한 조선인 가족이 제2차 세계 대전 중 일본과 소련의 통치 그리고 희생적인 사랑으로 인해 생이별을 겪게 된다. 하지만 이들은 종교적 믿음과 음식, 추억으로 끈끈하게 뭉친다. 미옥의 가족은 북쪽 신의주에 위치한 잘나가는 백화점의 주인이었다. 그러나 공산주의자들을 피해서 모든 걸 버린 채 산을 넘고 강을 건너 남쪽을 향한 탈출을 감행한다. 자유를 찾아가는 여정에서 미옥은 아무리 작은 친절도 결코 잊히지 않는다는 교훈을 몸소 배운다. 나는 이 이야기가 참 좋다.

『바다가 부른다(The Ocean Calls)』와
『하늘에서 떨어진 쌀(Rice from Heaven)』의 작가, 티나 조

전쟁과 가족의 이별, 분단된 나라, 영웅과 악당의 이야기를 어떻게 이토록 시처럼 쓸 수 있을까? 진저 박은 20세기 한국의

아름답고 가슴 아픈 이야기를 『신의주 백선 백화점』이라는 소설로 엮었으며, 당시 전통과 음식을 마치 집에서 만든 국수 한 그릇처럼 훈훈하면서도 세밀하게 그려냈다. 제2차 세계 대전과 뒤이은 한국 전쟁을 겪게 된 한국인들의 삶을 훌륭하게 소개하고 있는 아름다운 작품.

–『워싱턴 피나 멘도자의 세계로 오세요(Welcome to Washington Fina Mendoza)』와 『더 스테이트 오브 유니언(The State of Union)』의 작가, 키티 펠드

전쟁과 분단으로 생이별하게 된 한 가족의 수난을 담은 흡입력 있는 소설이자 그 속에 뒤엉킨 역사의식과 뜨거운 마음이 깊은 울림으로 이어지는 이야기. 제2차 세계 대전이 끝날 무렵, 급변하는 북한 땅에서 자신이 머물 진정한 곳을 찾아 탈출을 감행하는 미옥은 소련 점령군과 악독한 38선 경비대의 위협에 맞서는 한편, 마음속 의심과 슬픔과도 싸워야만 한다. 옛 삶의 방식에 스민 아름다운 서정성을 그린 동시에 희망과 가능성을 노래하는 작품!

–『해적 대 해적(Pirate vs. Pirate)』의 작가, 메리 쿼틀바움

이 아름답고 가슴 아픈 성장 소설은 가족 간의 끈끈한 유대가 주는 힘과 인간 정신의 회복력을 이야기한다. 폭정과 토벌, 괴로운 이별로 자신의 세상이 무너진 가운데에서도 미옥은 작은 친절이 크나큰 결과를 가져다준다는 교훈을 배운다. 능숙한 솜씨로 완성한 장면 장면들이 주는, 한껏 고조된 애절함이 오늘날 난민들이 겪고 있는 어려움을 상기시키며 공감과 연민을 불러일으킬 것이다. 자유를 향해 온갖 시련을 헤쳐 나가는, 훌륭하고 시의적절하면서도 인간적인 이야기.

–『만둣국(Dumpling Soup)』의 작가, 자마 래티건

진저 박은 가족이 전쟁 통에서 겪은 경험을 단순한 참상으로 기록하는 것을 넘어 감동적인 이야기로 탄생시켰다. 갈등과 충돌에 따른 상실은 회복력 강한 어린이들에게조차 트라우마로 남으며, 정치적 경계선이 종종 사람의 마음에도 붉은 줄을 긋게 한다는 사실을 일깨워 준다.

–『도서관을 지키는 사람들: 이집트의 귀중한 책들을 지켜 내기(Hands Around the Library: Protecting Egypt's Treasured Books)』, 『말랄라 유서사이: 말 잘하는 전사(Malala Yousafzai: Warrior with Words)』의 작가, 캐런 레겟 아보라이아

제2차 세계 대전과 한국 전쟁에 이르는 격동의 한반도를 배경으로 펼쳐지는 경이로운 청소년 역사 소설이다. 백화점을 운영했던 작가의 가족 이야기를 바탕으로 한 이 작품은 한국사의 참혹한 시대를 생생하게 기록한 연대기이다. 책에서는 한때 동지였던 이들이 망가뜨린 터전을 지키면서 현실에 순응해야 할지, 아니면 목숨을 걸고 미지의 세계로 떠나는 모험을 감행해야 할지와 같은, 당시 수많은 가족이 번민해야 했던 선택의 순간들이 고스란히 드러난다. 가족애와 회복력에 관한 놀랍고도 가슴 아픈 이야기!

– 책을 좋아하는 모임(A Bookish Affair)을 운영 중인 블로거, 메그 웨슬

신의주 백선 백화점

1판 1쇄 발행 2024년 7월 25일
1판 2쇄 발행 2025년 2월 25일

글 진저 박
옮긴이 천미나
편집 전연휘, 황명숙 디자인 김효진 홍보·마케팅 양경희, 노혜이
펴낸이 전연휘 펴낸곳 안녕로빈 출판등록 2018년 3월 20일(제 2018-000022호)

주소 서울시 광진구 아차산로 69길 29
전화 02-458-7307 팩스 02-6442-7347 전자우편 robinbooks@naver.com
블로그 blog.naver.com/hellorovin_ 인스타그램 @hellorobin_books

ISBN 979-11-91942-38-5(43840)